Sous le signe d'Exu

Initiation

Pierre Marmiesse

Sous le signe d'Exu

Initiation

la courte échelle

Les éditions de la courte échelle inc.
5243, boul. Saint-Laurent
Montréal (Québec) H2T 1S4
www.courteechelle.com

Révision:
Luc Asselin

Conception graphique de l'intérieur:
L'atelier Lineski

Dépôt légal, 4e trimestre 2010
Bibliothèque nationale du Québec

La courte échelle reconnaît l'aide financière du gouvernement du Canada par l'entremise du Fonds du livre du Canada pour ses activités d'édition. La courte échelle est aussi inscrite au programme de subvention globale du Conseil des Arts du Canada et reçoit l'appui du gouvernement du Québec par l'intermédiaire de la SODEC.

La courte échelle bénéficie également du Programme de crédit d'impôt pour l'édition de livres – Gestion SODEC – du gouvernement du Québec.

Catalogage avant publication de Bibliothèque et Archives nationales du Québec et Bibliothèque et Archives Canada

Marmiesse, Pierre

       Sous le signe d'Exu

       Sommaire : t. 1. Initiation.
       Pour les jeunes de 12 ans et plus.

       ISBN 978-2-89651-348-2 (v. 1)

       I. Titre. II. Titre: Initiation.

PS8626.A758S68 2010   jC843'.6   C2010-941248-6
PS9626.A758S68 2010

Imprimé au Canada

Pierre Marmiesse naît et grandit à Paris. Diplômé en gestion d'entreprise de HEC-Paris, son goût pour le cinéma le dirige vers le secteur audiovisuel. Producteur indépendant et consultant, il a longtemps partagé son temps entre la France et Los Angeles. Il a également travaillé et vécu au Brésil, découvert pendant ses études. Depuis 2005, il vit à Montréal, mais retourne régulièrement au Brésil. Il écrit depuis longtemps et consacre désormais l'essentiel de son temps à l'écriture.

Du même auteur, à la courte échelle :

Sous le signe d'Exu – Folie

Moro num país tropical, abençoado por Deus e bonito por natureza...

J'habite un pays tropical, béni de Dieu et beau par nature...

(« *País tropical* » – chanson de Jorge Ben Jor, 1972)

Chapitre 1
A cidade maravilhosa

Il avait quitté Ottawa en fin d'après-midi. Il changea d'avion à Toronto. Au décollage, il faisait nuit. Le tapis lumineux de la ville s'éloigna derrière le hublot. Il ne vit plus que la lumière rouge clignotante de l'aile et regretta son lit.

Il se serait senti moins seul s'il avait pu regarder un film et s'oublier dans d'autres vies, mais le programme de divertissement de l'appareil était en panne. Le siège voisin était vide. Une hôtesse lui demanda si tout allait bien. Il mentit que oui, puis tenta de dormir.

Tout le vol, il se tourna et retourna sur son siège. Quand les plafonniers se rallumèrent, il se leva, engourdi de corps et d'esprit, et s'étira au fond de la cabine, comme il l'avait appris en rééducation. Un signal lumineux le rappela à sa place et l'avion inclina son nez.

Il souleva le volet du hublot sur une mer de nuages écarlates. L'aile de l'appareil s'y enfonça. Le monde devint gris et cotonneux, l'avion semblait encalminé dans le pot au noir des nuages, il perdit toute notion d'altitude et de vitesse.

Le sol lui sauta au visage. Après deux rebonds et un freinage brutal, l'avion vira à droite sur les chapeaux de roue. Des montagnes tronquées se profilaient à l'horizon.

Il suivit des flèches et une foule aussi abrutie que lui vers les contrôles de police. L'agent sembla étonné qu'un adolescent de treize ans voyage seul, puis bâilla et tamponna son passeport.

Sa valise l'attendait sur le tourniquet à bagages, il la traîna derrière lui vers la sortie. Son cœur battait plus vite. Les portes automatiques s'ouvrirent sur des gros plans de visages. Serrés derrière une barrière, ils hurlaient et grimaçaient comme les spectateurs d'un match de hockey se croyant filmés. Son regard les passa en revue et n'en reconnut aucun. Il s'avança jusqu'au milieu du hall et s'arrêta, la gorge serrée. Un homme trapu au teint cuivré se dressa devant lui. Avec une tentative de sourire, il lui montra une pancarte : « Bienvenue au Brésil, Justin. »

Justin serra les dents contre une poussée de désarroi. Il avait parcouru dix mille kilomètres, son père s'était dispensé d'en faire vingt. Son comité d'accueil portait un costume noir froissé et une cravate nouée de travers. Il avait les cheveux crépus et ras, un cou de taureau et des petits yeux nichés au fond de leurs orbites comme des escargots dans leurs coquilles. Il saisit d'une main musclée la valise de Justin, et lui remit de l'autre une enveloppe. Justin le suivit. Sur le trottoir, une serviette humide et chaude lui tomba sur les épaules. L'homme déposa la valise dans le coffre d'une Lexus grise aux feux de détresse allumés. Il glissa un billet dans la paume du policier, adossé au panneau de stationnement interdit, qui contemplait le trafic d'un air trop ennuyé pour le diriger, puis ouvrit la portière.

Alors qu'il allait monter, Justin s'arrêta comme s'il se réveillait en sursaut. Il avait été averti contre les enlèvements par de faux taxis. Il regarda la voiture et ses plaques sans signe distinctif. L'homme lui désigna l'enveloppe. Justin la décacheta et reconnut l'écriture de son père. L'ambassadeur avait débarqué à l'improviste de la capitale, Brasília, il était désolé ; le chauffeur s'appelait Aurelio et baragouinait l'anglais. La lettre pouvait avoir été volée, Aurelio remplacé ou corrompu. Justin aurait dû appeler son père, s'assurer qu'il n'était pas victime d'une mise en scène, sa fatigue prit le dessus, il monta. La banquette sentait le cuir. L'air conditionné retira la serviette chaude que la température du dehors avait jetée sur ses épaules.

Aurelio sortit de l'aéroport et rejoignit une autoroute. Justin tira de son blazer un plan de la ville. Des bidonvilles gris et tristes sous la chape nuageuse descendaient des collines. Ils longèrent des docks, des quais, un paquebot blanc, des murs de containers et des cargos rouillés. Au bord de la route, des grappes de femmes et d'enfants miséreux attendaient des autobus ou des jours meilleurs. Justin suivait le trajet sur son plan et se détendit : ils allaient dans la bonne direction.

Aurelio tourna à droite et pointa un doigt vers le ciel. Justin colla son visage à la vitre. Il vit un *morro** abrupt, enveloppé de nuages. Un bras, puis un visage en sortirent, comme de la manche d'un magicien. Quand la statue entière du Christ Rédempteur apparut au sommet du Corcovado, Justin sourit malgré lui.

La Lexus cahota sur les rues mal pavées de faubourgs délabrés, puis glissa sur l'asphalte lisse d'une large avenue bordée de tours de verre et de vitrines chic. Les trottoirs grouillaient. Au bas d'une pente douce, une grande place était décorée de pigeons et d'un opéra municipal aux allures d'ancien monde.

Aurelio propulsa la Lexus à tombeau ouvert sur le toboggan d'un échangeur où les voitures et les bus filaient comme sur un grand huit. Justin sentit des élancements dans sa main droite. Quand il voulut s'agripper à la portière, pour la première fois en trois mois, elle refusa de lui obéir. L'engourdissement gagna tout son avant-bras.

Justin massa sa main, bougea un doigt, puis deux. La Lexus s'engouffra dans un tunnel qui s'ouvrit sur un bleu profond. La route buta sur l'océan Atlantique.

---

* Le lecteur trouvera à la fin du roman un glossaire des termes en langue étrangère.

Aurelio continua le long de la plage de Copacabana. Des marcheurs en maillot de bain arpentaient d'un pas décidé la mosaïque noire et blanche de la promenade, des cyclistes suaient sous leur casque protecteur.

Presque à son bout, Aurelio grimpa sur le trottoir. La grille d'un garage souterrain s'ouvrit devant le capot de la Lexus. Justin y lut le nom de l'immeuble : *edifício* San Marco. Une croix et son numéro sur l'*avenida* Atlântica, 3736, l'indiquaient sur son plan.

Aurelio dévala la pente et se gara. Le chauffeur tira la valise du coffre et précéda Justin dans un ascenseur à la porte grillagée. Justin avait retrouvé l'usage de son bras et pressa le bouton du dernier étage. Un panneau conseillait en portugais : « Souriez, vous êtes filmé. » Justin tourna le dos à la caméra de vidéosurveillance vissée au plafond.

L'unique porte du douzième étage s'ouvrit sur le sourire d'une jeune femme aux grands yeux noisette. Sa peau était de la même teinte, vernissée et soyeuse comme un meuble bien astiqué. Elle portait un chemisier et une jupe bleu marine, un tablier blanc et des chaussures à talons plats ; un chignon enserrait ses cheveux noirs. Justin s'interrogea quant à son âge, puis entra dans un vestibule peu éclairé. Aurelio y déposa sa valise et repartit.

La jeune femme articula avec soin son nom, Márcia, puis, en anglais, que son père souhaitait qu'il l'appelle. Elle décrocha un combiné fixé au mur, composa un numéro, puis lui tendit l'appareil et disparut avec sa valise. Après quatre sonneries, la voix de son père pria Justin en trois langues de laisser un message après le «bip». Il prononça un laconique: «Je suis bien arrivé», puis un amer: «Si tu as mieux à faire que me parler, ne demande pas que je t'appelle.»

Márcia réapparut. Il la suivit dans une grande cuisine ouverte sur un balcon où séchait du linge. Elle lui demanda ce qu'il souhaitait manger, il désigna un filet de fruits frais au-dessus de l'îlot, puis sortit à la découverte de l'appartement.

Au bout du couloir, une double porte donnait sur un immense salon. Les murs blancs et nus avaient l'éclat de la peinture fraîche, le mobilier en bois noir et les canapés durs en cuir vert moutarde lui rappelèrent le club anglais et lugubre de son grand-père à Ottawa. Des rideaux étaient tirés devant des baies vitrées. Justin les écarta sur une terrasse aussi vaste que le salon et terminée par une petite piscine d'eau bleue. Il s'avança sur le dallage rugueux jusqu'à la rambarde. Son regard embrassa les quatre kilomètres de Copacabana. Le fracas des rouleaux de l'océan se mêlait au trafic de l'*avenida* Atlântica, l'air sentait l'essence et le sel.

Une échelle en fer grimpait à un petit bungalow aux murs ocre, posé au sommet de l'immeuble. Il poussa la porte d'une chambre presque sans meubles, étouffante malgré la fenêtre ouverte. Il y avait aussi une salle de bain, un débarras aménagé en penderie et une remise en planches, où il reconnut la collection de CD et disques de vinyle de son père, sa guitare électrique, une Gibson Les Paul Deluxe, sa table de mixage et sa chaîne hi-fi.

Derrière le bungalow, un escalier en colimaçon redescendait vers le balcon de la cuisine. Un couloir le conduisit à une pièce aménagée en bureau, puis deux chambres.

Dans la plus grande, Justin trouva sa valise et, sur une table de travail aussi noire et massive que le mobilier du salon, un ordinateur portable et un téléphone cellulaire. La fenêtre donnait sur le dos d'un immeuble dont la peinture beige s'écaillait et une cour intérieure d'où montait une odeur en exil de choucroute. La pièce était fraîche et sombre.

Justin s'assit sur le lit. Il resta longtemps ainsi, trop fatigué pour bouger et pas assez pour dormir, puis secoua sa torpeur sous la douche de sa salle de bain. Au sortir de la cabine, il se regarda d'un œil nouveau dans la glace murale.

Au Canada, son corps avait mené une vie invisible, enseveli sous des couches de vêtements ; ici, il s'exhiberait. Il se voyait dans la glace, trop blanc, mou et rond, comme une pâte à modeler, avec entre les cuisses un sexe qui n'en était pas vraiment un. Il pressentait sous ses bourrelets abdominaux une métamorphose qu'il appelait et appréhendait. Son corps, comme sa voix, complotait en secret sa mue : elle se produirait sans qu'il ait son mot à dire, aussi aléatoire qu'un coup de dés. Qu'il s'y sente bien ou mal, Justin garderait sa nouvelle peau le reste de sa vie : il ne pourrait plus en changer, à peine l'aménager.

Une mèche se dressait comme une fusée prête à décoller au sommet de son crâne. Ses cheveux étaient noirs comme ses yeux, et trop longs ou trop courts, il l'ignorait, pas à son goût en tout cas. Il avait un petit nez pointé au ciel et des joues rebondies.

Devant la glace, Justin vérifia par-dessus son épaule qu'il ne l'avait pas perdue en vol : une cicatrice blafarde lui courait du bas de la nuque au milieu du dos, comme une énorme fermeture éclair.

Justin enfila son maillot de bain noir et ressortit sur la terrasse. Un jus d'ananas et une salade de pastèque et de mangue l'attendaient sur une table en bois blanc, protégée du soleil par un auvent. Il les goûta, puis plongea dans l'eau, aussi tiède que la douche, de la petite piscine. Il avait pied partout et ni l'envie ni la place de nager. Il flotta sur le dos, les bras en croix. Quand le soleil lui brûla les yeux à travers ses paupières baissées, il se redressa.

La rambarde de la terrasse lui cachait la plage. Il ne voyait qu'un liseré de mer juste avant l'horizon, puis le ciel. Justin se retourna. Le quartier de Copacabana s'étendait sur une poignée de pâtés de maisons prisonniers entre le sable et la montagne. Chaque mètre de terrain était bâti, les immeubles cherchaient dans les hauteurs l'espace absent au sol, comme les arbres d'une forêt la lumière du soleil.

Le regard de Justin sauta de toit en toit jusqu'à la dernière rangée de tours, puis se heurta au *morro*. Ses yeux escaladèrent sa pente. La colline n'était plus couverte de jungle, mais d'un jeu de cubes. Des baraques en briques, en planches et en tôle, parfois peintes de couleurs électriques, croissaient sur ses flancs à la manière d'une barrière de corail. Le provisoire s'était éternisé, le bidonville avait pris ses aises et mérité un nouveau nom : la *favela* regardait de haut le quartier nanti qu'elle tenait sous sa menace et son reproche. Justin la contempla en retour, effrayé et fasciné.

. . .

Les lanternes en forme de campanile s'étaient allumées aux quatre coins de la terrasse. Appuyé à la rambarde, Justin contemplait le spectacle de la rue. Les oreilles pleines des klaxons des embouteillages, il n'entendit pas approcher son père. Quand une main ébouriffa un peu plus ses cheveux, il se retourna. François Deslauriers le serra dans ses bras. Justin trouva l'étreinte un peu longue à son goût, puis son père s'accouda à côté de lui.

— L'ambassadeur ne voulait plus partir, je l'ai remis à sa place : dans l'avion de Brasília.

François D. portait un costume gris clair. Il avait posé à ses pieds un petit cartable en cuir et défit son nœud de cravate. À la lumière orangée des lanternes, il apparaissait à Justin détendu et bronzé.

Ils ne s'étaient pas vus depuis trois mois, leurs regards se sondèrent. Ils échangèrent des sourires nerveux. Justin examinait toujours son père avec perplexité : ses prunelles bleues derrière de petites lunettes rondes, son nez droit et fin, le tracé ferme de sa mâchoire, sa carrure athlétique, ses tempes à peine grises. Des camarades de sa sœur Nadine s'émerveillaient de la jeunesse de son allure. Aux yeux de Justin, François D., comme l'appelaient ses amis, du nom du groupe de rock, « François D. et les Députés », qu'il avait fondé dans sa jeunesse, était juste, à quarante-cinq ans, vieux par définition.

— Tu as fait le tour du quartier avec Márcia ?

— Juste de l'appartement et de la piscine.

— Il te reste des forces pour un avant-goût de Rio sous les étoiles ?

Justin ne put s'empêcher de sourire.

Le consul grimpa vers son antre sur le toit, puis redescendit en polo et pantalons kaki, les pieds nus dans des mocassins.

Márcia leur souhaita une bonne soirée et referma la porte de l'appartement derrière eux. Justin avait vu, à côté de la cuisine, un réduit moins grand que la penderie de sa chambre, avec un matelas.

— Márcia habite ici ?

Dans l'ascenseur, le consul sourit.

— Rassure-toi, non. L'image du Canada en pâtirait.

— Quel âge a-t-elle ?

— Je ne sais pas, trente ans peut-être.

Aurelio les attendait devant l'immeuble, au volant de la Lexus. Il fit demi-tour à une interruption dans le terre-plein central de l'*avenida* Atlântica et la remonta le long de la plage. Des familles dégustaient des glaces sur des bancs.

Aurelio reprit en sens inverse le tunnel du matin, puis vira à droite et longea les portiques néoclassiques de l'université de Rio. Il déposa ses passagers au pied du Pain de Sucre. Durant les fins de semaine, le téléphérique faisait des heures supplémentaires pour les clients du restaurant ouvert ce soir-là à la première de ses deux stations.

Une cabine rouge enleva Justin et son père dans les airs. À l'arrivée, la nuit était douce comme jamais en Ontario ni au Québec, sauf devant un foyer ou en tête-à-tête avec un ventilateur.

Ils admirèrent en silence le croissant de lumière de Botafogo à leurs pieds, la courbe de Flamengo, puis les néons du centre-ville.

À leur gauche, un halo lumineux flottait dans le ciel, sous les étoiles de la Croix du Sud : Justin les voyait pour la première fois ailleurs que sur le drapeau brésilien.

—Tu sais pourquoi la ville s'appelle Rio de Janeiro plutôt que Chicoutimi ou Les Escoumins?

Justin récita sa leçon: «Le 1er janvier 1502, Gaspar de Lemos pénétra dans la baie de Guanabara et la confondit avec l'embouchure d'un fleuve. Il appela le site Rivière de Janvier.»

Malgré son ton d'âne savant, Justin détestait moins ces vieilles histoires qu'il souhaitait le montrer.

—Tu as eu droit au cours d'initiation au Brésil de ton grand-père?

—Oui.

—La France antarctique était incluse au programme?

C'était leur première soirée ensemble, Justin mentit pour ne pas décevoir son père :

—Non.

—En 1555, l'amiral de Villegagnon fonda au nom du roi de France une colonie sur une île de la baie de Guanabara. Il la baptisa France antarctique. C'était une nouvelle France avant la Nouvelle-France ; pas dans la neige, sous les tropiques. Les Portugais l'anéantirent cinq ans plus tard. Si un Deslauriers s'était embarqué au Havre quelques décennies plus tôt à destination du sud et non du Saint-Laurent, nous serions brésiliens. Nous sommes peut-être ici pour réparer une erreur de quatre siècles.

—Un Deslauriers s'est peut-être embarqué, a survécu, laissé une descendance, et nous n'en savons rien.

—À toi de trouver nos cousins *cariocas*.

Le Christ Rédempteur sortit du halo lumineux, comme un ressuscité.

—Viens voir l'autre face, Justin.

Elle donnait sur l'océan et Copacabana. Les lumières dessinaient les immeubles et le quadrillage des rues avec la netteté d'un plan. Au-dessus de lui, les masses scintillantes des *favelas* grimpaient en ordre dispersé à l'assaut du ciel.

Ils quittèrent la plateforme d'observation. Une hôtesse aguichante les conduisit à leur table, dressée sous le ciel.

— Tu as faim?

Justin s'aperçut que oui. François D. lui conseilla une *picanha* et commanda pour lui au plus un cocktail de crevettes.

Toutes les tables étaient occupées, souvent par des couples de touristes. Justin aurait aimé ne pas comprendre leurs conversations en français et en anglais, encore moins intéressantes que la journée d'un consul canadien.

Un serveur au crâne dénudé leur apporta deux cocktails de bienvenue d'un vert translucide.

— Justin, dis bonsoir à ta première petite provinciale: une *caipirinha*. Citron vert, sucre et, malgré la glace pilée, chaude de quarante degrés ou plus de *cachaça*.

Justin respira l'odeur d'alcool et grimaça. François D. proposa un toast:

— Au début de notre vie *carioca* entre hommes.

Ils trinquèrent. Justin ne but pas, l'alcool était parmi les nombreux goûts paternels qu'il ne souhaitait pas partager. Son père vida son verre à petites gorgées, puis le débarrassa du sien. Un second toast ne serait pas de trop pour entamer leur cohabitation sous les meilleurs auspices.

Justin aurait aimé donner des nouvelles de Gatineau,

mais le consul semblait avoir oublié le Canada. Pour un premier soir, c'était peut-être plus prudent.

La *picanha* arriva dans un plat long comme le bras du serveur : dix tranches de bœuf saignant, étalées dans un paysage de haricots noirs, riz, pommes de terre et *farofa*, une farine jaune qui craquait sous la dent.

— Au Brésil, un plat doit pouvoir nourrir deux personnes, au moins. Le gaspillage est signe de richesse.

Après trois tranches de bœuf, sa nuit blanche rattrapa Justin. L'envie de dormir lui coupa l'appétit, tandis que son père alternait grosses crevettes et petites provinciales.

— Justin, je te remercie de m'avoir rejoint en exil. Même s'il est doré par le soleil et par un titre de consul général.

Justin fouilla son esprit barbouillé de sommeil : pourquoi, en effet, était-il venu ? Son grand-père l'y avait incité, sa mère ne l'avait pas retenu. Justin plissa le front. Il fouilla et creusa encore jusqu'aux vraies raisons : un mélange de peur et d'excitation l'avait mené ici.

Le consul se leva après un dernier regard à l'hôtesse et passa le bras autour des épaules de son fils. Justin réprima un mouvement de recul et ils se dirigèrent du même pas incertain vers la cabine rouge en partance.

Justin ne vit pas la Lexus, mais une file de taxis jaunes garés le long du trottoir.

— Le soir, je laisse Aurelio rentrer chez lui en voiture. Ça lui évite des heures de bus. Et moi, je ne risque pas de toucher un volant.

—Où habite Aurelio ?

—Au-delà de la *Zona Norte*, à São João de Meriti, à l'ouest de l'aéroport.

—Et Márcia ?

Ils montèrent dans le taxi de tête. François D. sourit en coin :

—Márcia est comme nous une privilégiée de la *Zona Sul*. Elle habite au-dessus de nos têtes : *favela do Pavão*.

. . .

Justin sortit sur la terrasse et cligna des yeux. Le soleil était déjà haut. François D. replia *O Jornal do Brasil*. Il était assis en maillot de bain devant la table mise pour deux, le torse et les cheveux dégoulinant d'eau.

—Viens reprendre des forces. Une grosse journée nous attend.

Justin marcha jusqu'à la rambarde. Une masse humaine compacte avait investi avec parasols et bagages les quatre kilomètres de Copacabana.

—Une grosse journée de quoi ?

—Magasinage.

Justin revint s'asseoir en faisant la moue : il n'était pas venu sous les tropiques pour s'enfermer dans des centres commerciaux.

—Il y a urgence ? Ça ne peut pas attendre ?

—Ta chambre et l'appartement entier n'en peuvent plus de ressembler à un salon funéraire. Lundi, un antiquaire nous débarrassera du mobilier actuel.

Márcia apparut, toujours souriante, derrière une table roulante chargée de plats.

— *Tudo bem, Justin* [1] *?*

— *Tudo bem, Márcia. E você* [2] *?*

L'échange avait épuisé une part essentielle du portugais de Justin. Márcia déposa sur la nappe bleue une assiette d'épaisses galettes blanches, pliées en deux. Son père le servit.

— Crêpes de tapioca, bien meilleures que les nôtres, mais ne le répète pas.

La pâte était chaude et moelleuse, fourrée de fromage et salami. Justin compléta ses stocks d'énergie avec un gâteau à la banane et à l'ananas, un jus de *maracuja*, puis une seconde crêpe au fromage et à la gelée de goyave. L'union salé-sucré s'appelait *Romeu e Julieta* et se terminait mieux que la pièce.

À midi, Aurelio attendait ses passagers dans le garage de l'immeuble, un magazine de *futebol* étalé sur le volant de la Lexus.

Ils longèrent vers le sud la fin de Copacabana, puis Ipanema. Au bout de Leblon, la route serpenta sur les flancs de la montagne jusqu'à la plage de São Conrado, puis fonça droit sur la muraille rocheuse. Un tunnel les conduisit à une côte encore plus escarpée, où des vil-

---

[1] Ça va, Justin ?
[2] Très bien, Márcia. Et toi ?

las luxueuses se dressaient sur pilotis au-dessus d'une mer verte, puis le franchissement d'un promontoire les ramena en ville.

— Qu'as-tu retenu des cours de ton grand-père sur *Barra da Tijuca* ?

— C'est le nouveau Rio. Son développement a débuté dans les années 1970. Beaucoup de familles des classes moyennes y ont émigré.

Il n'y avait plus de montagnes, juste une côte sablonneuse et plate à perte de vue. Indifférentes à l'espace, les tours résidentielles se dressaient encore à la verticale, en rangs aussi serrés qu'à Copacabana.

Aurelio quitta la mer dans un paysage de grues et de chantiers. Derrière le rideau d'immeubles au ciment presque frais ou inachevés, s'étendaient des avenues géantes et des trottoirs vides. La Lexus contourna un rond-point au terre-plein vaste comme la colline parlementaire d'Ottawa. Ils butèrent de l'autre côté sur une file d'attente incongrue dans ce désert, sous une immense enseigne, marquée « Barra Shopping ».

— Le Rio authentique, bien loin de ses cartes postales.

Justin trouva, à son habitude, l'ironie paternelle lourde.

Ils pénétrèrent au pas dans des stationnements sans fin et pourtant pleins, étalés autour de hangars en forme de gigantesques boîtes à chaussures. Aurelio s'orienta sur un plan et les déposa sous une marquise qui proclamait en caractères géants : « Tok & Stok ».

— Ça veut dire IKEA en brésilien.

À l'intérieur, François D. saisit un catalogue illustré de trois cents pages, Justin un carnet de commande et un crayon. Deux heures durant, ils déambulèrent dans les allées d'exposition. Le consul choisissait, Justin opinait, puis notait les références de leur achat comme le numéro des plats dans un restaurant chinois. Il noircit deux pages de carnet. Ils achetaient, c'était le charme du jeu, tout et un peu n'importe quoi : canapés, étagères, fauteuils, tables, aux styles et teintes disparates, voire discutables, un grand lit double et des draps aux couleurs du Brésil pour Justin, deux hamacs équitables du Nordeste pour la terrasse et même un couple de perroquets verts et rouges en bois, perchés sur une vraie branche, pour jaser sur le balcon de la cuisine. Justin proposa d'en rester là.

— Pas question. Si nous ne dépensons pas mon crédit d'installation, Ottawa le réduira pour mon successeur qui me maudira.

Ils tournèrent encore une demi-heure. Justin compléta sa troisième feuille, puis ils se dirigèrent aux caisses. La queue était longue, mais Aurelio les avait précédés. Ils le rejoignirent. Des clients grognèrent dans leur dos contre les *gringos* resquilleurs. Le consul se tourna vers Justin.

— Parlons anglais, ils nous croiront Américains et lapideront les prochains à s'aventurer ici.

Il y avait tout en stock, même des perroquets. Ils

seraient livrés mardi.

Comme à l'aéroport, la Lexus attendait devant la sortie, feux de détresse allumés. Aurelio consulta à nouveau son plan et les amena deux magasins géants plus loin. Justin soupira plus fort que l'air conditionné.

— Tu comptes les faire tous ?

— Dernier arrêt, pour la cerise sur ton gâteau.

Justin traîna les pieds sans comprendre dans une grande surface de bricolage.

— Il faut repeindre ta chambre. En quoi ?

— Blanc comme le reste ?

— Pas de ton âge. Bleu ? Jaune ? Rouge ? Vert ?

Justin haussa les épaules : « Un mur de chaque couleur ? »

Ils choisirent dans les rayons les tons les plus stridents, plus un assortiment de pinceaux, rouleaux et seaux, une bâche et deux salopettes prétachées. Aurelio fut à nouveau fidèle au poste à la caisse, puis avec la Lexus à la porte.

Ils rentrèrent par un très long tunnel. La géographie de Rio, écartelée entre mer et montagne, déboussolait Justin.

Márcia s'apprêtait à partir, elle avait enlevé son uniforme et dénoué son chignon. En débardeur et en jean effrangé, elle parut à Justin encore plus jeune et séduisante. Il s'affala à côté de son père sur un des fauteuils de la terrasse. Le crépuscule pointait son nez, la plage s'était vidée, comme un stade après un match.

— Aussi épuisant qu'une visite officielle. Un petit

remontant, Justin ?

— Mais pas une petite provinciale.

— Surtout pas, nous devons peindre droit.

Márcia apporta deux bols remplis d'une masse violette, puis leur souhaita une bonne soirée, tandis que la *favela do Pavão* s'illuminait face à Justin, aussi attirante et encore plus inaccessible que son habitante.

François D. entama son bol.

— C'est de la pulpe d'açaí, un fruit de l'Amazonie surnommé le Viagra naturel. Tu y as droit quand même.

Justin goûta. Cela fondait sur la langue, comme de la glace, avec plein de petits grains qui craquaient sous la dent. Après la surprise de la première cuillérée, il trouva la seconde plaisante et les suivantes excellentes.

— Un bol contient assez de vitamines pour repeindre deux fois l'appartement en deux heures.

Ils empilèrent les meubles au centre de la chambre de Justin et les protégèrent, avec le parquet, sous la bâche.

— On tire les couleurs au sort ?

Justin acquiesça, il gagna le rouge et le bleu. Ils se mirent au travail, chacun avec ses pots, ses rouleaux et ses pinceaux, mais un seul escabeau pour deux.

— Le dernier à finir se charge du souper.

Justin opina à nouveau et, dopé à l'açaí, l'emporta d'un demi-mur. Le consul prépara le repas au téléphone. Un coursier livra une pizza de la taille d'une roue de camion, qui passa à peine par la porte d'entrée. Ils la mangèrent sur la terrasse, arrosée de *guaraná*, un soda à base d'un autre fruit amazonien, pour Justin et de bière locale pour son père.

Après trois pointes et autant de canettes, François D. se déclara repu et fatigué. Il grimpa l'échelle vers son bungalow. Justin n'avait pas sommeil. Seul sur la terrasse, il savoura d'abord sa tranquillité, puis se sentit aussi abandonné que sur son siège d'avion. Il songea à ses amis, puis à Márcia, la seule Brésilienne rencontrée, et se demanda, parmi les lumières qui clignotaient sur la montagne, où était sa maison et avec qui elle l'habitait.

Des accords de guitare électrique descendirent du bungalow. Justin rentra dans le salon, les ombres des murs l'encerclèrent. Chassé de la sienne par le chantier, il se réfugia dans sa chambre d'emprunt. Il n'entendit plus la musique, seul à l'étage dans l'appartement trop grand. Son imagination se mit en marche contre lui : sa sœur Nadine, de trois ans son aînée, adorait les films d'horreur ; lui les détestait, mais ne pouvait s'empêcher d'en inventer qui, projetés dans le noir de ses nuits, l'empêchaient de dormir.

Il se coucha et éteignit. Des conversations et des bruits de vaisselle montaient de la cour intérieure. Ils éloignèrent un peu ses angoisses, comme les voix de ses parents le berçant le soir des mêmes contes, l'une en français, l'autre en anglais.

Aujourd'hui, son père s'était comporté en ami. Justin lui en voulait presque. Il y voyait une tactique délibérée, qui le prenait au piège. S'il se rebellait, il se mettait dans son tort; accommodant, il était dupe.

Justin s'endormait quand des claquements secs retentirent. Il crut à des pétards, un avant-goût de carnaval, et sourit dans le noir à l'absurdité de ses peurs, puis des sirènes s'égosillèrent, de plus en plus stridentes, et semblèrent se poster sous sa fenêtre.

Il y eut de nouveaux claquements, Justin cessa de croire à des pétards. En sueur sous son drap, mais glacé de peur, il se leva prendre une couverture dans un placard et s'y enroula.

. . .

Justin se réveilla certain d'avoir vécu des cauchemars et heureux de les avoir oubliés. L'appartement était silencieux, Márcia avait congé le dimanche. Il sortit sur la terrasse, vide aussi. Le temps était superbe et encore plus chaud que la veille. La plage jouait à nouveau à guichet fermé, la foule débordait sur l'*avenida* Atlântica, dont la moitié des voies étaient fermées aux voitures. Sur sa montagne, la *favela do Pavão* brillait au soleil, comme un village grec idyllique.

La porte du bungalow claqua sur le toit. Justin leva les yeux, mais personne n'apparut à l'échelle. Il appela sans recevoir de réponse.

Un de ses cauchemars de la nuit lui revint en mémoire, à moins qu'il l'inventât. Justin courait dans les rues de Gatineau, un homme tout en noir au masque blanc à ses trousses. Ses pieds s'enfonçaient dans la neige des rues désertes. Il atteignait le canal Rideau Hall et patinait sur ses eaux gelées. Une pancarte lui indiqua la direction du Corcovado, il voyait le Pain de Sucre à l'horizon. Il se retourna, le masque blanc était toujours là, il entendit son souffle et courut encore plus vite vers le Corcovado sous la neige et les icebergs de la baie de Guanabara. Il eut soudain chaud sous sa cagoule, il pataugea dans la sloche, s'épuisa dans le sable de Copacabana, puis sur l'asphalte fondu de l'*avenida* Atlântica, trébucha dans ses nids de poule. À la place de l'*edifício* San Marco, il n'y avait que le bungalow du toit. Il tambourina sur la porte, puis regarda derrière lui, le masque blanc n'était plus là. Il tourna la poignée, la porte s'ouvrit, il entra, la verrouilla et glissa au sol de fatigue. Il reprit son souffle, entendit une guitare électrique. Des pas approchèrent, il sourit d'avance, le masque blanc apparut.

Justin monta avec appréhension les degrés de l'échelle. La porte du bungalow battait au vent. Justin appela à nouveau son père, d'une voix un peu étranglée. Le silence lui répondit. Sa main droite ressentait un peu de picotements, il la massa, puis entra, les jambes fla-geolantes. La chambre était vide, les autres pièces aussi. Il y eut un courant d'air, la porte claqua à nouveau. Il la referma avec soin, puis redescendit. L'entrée était ver-rouillée de l'extérieur, il n'avait aucun double des clés et ne trouva aucun message.

Sa peur se mua en colère. Son père était sorti et

l'avait enfermé, sans un mot à son intention, comme un paquet de linge sale oublié derrière lui. Justin prit son téléphone cellulaire. Il ressortit sur la terrasse et composa le numéro du consul. Une sonnerie retentit, en provenance du bungalow. Justin leva des yeux furieux dans sa direction et rencontra la *favela do Pavão*. Depuis deux jours, elle aimantait ses regards.

Justin avait du temps à tuer. D'une pression du pouce, il transforma son téléphone en caméra. Il panoramiqua lentement sur la *favela*, comme pour exorciser son ascendant sur lui. Il balaya, de droite à gauche et de bas en haut, toutes ses constructions, puis recommença avec le zoom à son maximum. Les maisons disparurent, des détails de leurs façades défilèrent sur l'écran exigu en une suite de figures abstraites. Justin filmait la dernière rangée d'habitations, tout en haut de la *favela*, quand François D. rentra, en short et en sueur de son jogging en bord de mer, avec un grand sourire et un sac de petits pains ronds.

— *Pães de queijo*. À peine sortis du four, encore tout chauds.

Le ressentiment de Justin revint au galop.

— Merci de m'avoir enfermé.

Le consul fronça les sourcils :

— Márcia ne t'a pas donné un jeu de clés ?

— Non.

— Désolé, mais ce n'est pas un drame.

— C'est même un super plan. Je viens à Rio et tu

m'emprisonnes à repeindre ma cellule, sauf quand je suis de corvée de magasinage.

— Tu seras aussi de corvée d'école, rassure-toi.

Justin s'enferma dans sa chambre, son père resta avec ses *pães de queijo*. La peinture avait séché, les murs exhibaient les stigmates de chaque coup de pinceau de la veille. Justin se calma. Il retira la bâche du mobilier, transféra les images de la *favela* sur son ordinateur, puis les explora sur son écran plat et surtout bien plus grand. Il découvrit de nouvelles silhouettes d'habitants, devina dans l'entrelacs des constructions des passages et des escaliers, et eut l'impression de pénétrer, derrière sa façade de décor de film, les coulisses de cette ville parallèle. Il grossit encore les images.

Justin chercha sur Internet d'autres images et n'en trouva qu'identiques aux siennes ou moins bonnes : contre-plongées prises par un œil extérieur, de l'abri de Copacabana. La *favela* y apparaissait auréolée de la fascination d'une cité interdite.

Sur les plans en ligne de Rio, la *favela do Pavão* n'existait pas. Au-dessus de la *rua* Saint Roman qui bordait Copacabana et Ipanema, il n'y avait que le vert du *morro* et de la forêt. La ville effaçait la *favela* comme un secret honteux, qui pourtant crevait les yeux. Justin pressentit qu'aucune touche « supprimer » n'éliminerait l'emprise acquise en deux jours par la *favela* sur sa vie *carioca*.

Justin sortit sur la terrasse. Son père y prenait le soleil. Il tira de la poche de son bermuda trois clés qu'il présenta à Justin comme des excuses.

— Tu te sens d'attaque pour l'art des trottoirs ?

Justin ne demanda pas d'explications et acquiesça : leurs retrouvailles avaient à peine deux jours, l'heure n'était pas à une guerre de tranchées.

Des peintres et d'autres artistes du dimanche avaient pris d'assaut le terre-plein central et les trottoirs de l'*avenida* Atlântica. S'y étalaient pêle-mêle des toiles, des colliers en plumes d'oiseau, des pierres semi-précieuses, des sandales en cuir, des tapis indiens, des paysages en sable dans des bouteilles, des foulards et bracelets porte-bonheur, des potions aphrodisiaques, des poèmes, beaucoup de sagesse et bien des âmes. Les exposants étaient souvent des routards grisonnants, naufragés d'Europe, d'Amérique du Nord ou d'Australie, aussi peu attirants que leurs œuvres.

— Tu te rends compte qu'il y a un quart de siècle, j'en ai sans doute croisé, dans mes voyages, à Goa ou Katmandou ?

Son père avait montré sans honte à Justin et sa sœur des albums de photos où il s'exhibait, jeune et hirsute, en habit de clochard, parmi des compagnons aussi pathétiques que lui.

Ils suivirent cette débauche d'art ininterrompue jusqu'à son épicentre, la *praça* General Osório, à Ipanema. Un linéaire continu de stands en faisait le tour, le trop-plein encombrait les allées du square central.

— Si tu vois une toile digne d'être encadrée et suspendue à un mur, je te l'offre pour ta chambre.

Le grand-père de Justin avait rapporté de son séjour brésilien une collection de tableaux naïfs : petits, précis comme des miniatures, peints de couleurs ardentes, sans perspective.

— J'aimerais un tableau naïf.

Un cri dans leur dos éclipsa le brouhaha de la foire. Ils se retournèrent. Un gamin en short et nu-pieds détalait avec un sac à main. La foule s'ouvrit devant lui comme pour une ambulance. Il traversa la rue. Sur le trottoir opposé, un homme le bloqua. Ils roulèrent au sol. Trois autres gamins se précipitèrent. Ils libérèrent leur compère, puis rouèrent son adversaire de coups, le frappèrent des pieds et des mains avec une sauvagerie sans merci. Quand il cessa de bouger, ils disparurent vers la lagune Rodrigo de Freitas. Un serveur d'une taverne voisine s'agenouilla à côté de leur victime et demanda de l'aide. Un passant sortit son téléphone cellulaire.

Derrière les deux Canadiens, une sexagénaire à la mise en plis grise s'était effondrée sur un banc, en état de choc. Des amis la réconfortaient. Tout chez eux – leurs polos, leurs casquettes de golf, leurs coups de soleil, leurs voix trop fortes – annonçait les *gringos* à détrousser. Un attroupement se forma.

Justin traversa derrière le consul la foule qui s'amassait et ils s'éloignèrent en direction de la mer, tandis que des sirènes grossissaient de partout vers la place.

François D. commença à compter sur les doigts de sa main droite.

—Leçon 1 : ça peut arriver n'importe quand. Leçon 2 : inutile de se gâcher la vie à l'avance. Leçon 3 : si ça ne te concerne pas, ne t'en mêle pas. Leçon 4 : ne pas se promener avec des objets de valeur.

Sa main gauche prouvait combien il avait pris ce conseil à cœur.

—Y compris les alliances ?

Le père de Justin frotta la marque blanche sur son index gauche, comme pour effacer un témoignage gênant.

—Les voleurs t'arracheraient le doigt pour l'avoir.

—Et les deux mains pour s'emparer de boutons de manchette ?

—Ta mère t'en a acheté en prévision de notre vie mondaine ?

—Non, grand-père m'en a offert.

—Ceux que Tancredo Neves n'a jamais eu le temps de lui donner ?

—Oui.

Le regard de François D. se voila.

—Félicitations. C'est une grande marque de confiance. Et une grande responsabilité. Ne les porte pas sur la plage... En revanche, leçon 5 : même là, garde sur toi un billet de cinq *reais*, les voleurs n'aiment pas faire chou blanc. Leçon 6 : sors avec une photocopie de ton passeport, jamais l'original.

—Tu ne veux pas de travail supplémentaire ?

—Ni avoir l'air stupide, ou suspect, si nous perdions

toi et moi les nôtres à tour de rôle. Il y a un coffre dans la pièce qui me sert de bureau, mets-y l'original. Idem pour la carte d'identité que te fournira le ministère brésilien des Affaires étrangères.

— Et mes boutons de manchette?

Le consul haussa les épaules.

— À toi de voir. En cas de vol ou perte, ce ne sera pas à moi de les remplacer.

Le long de la plage d'Ipanema, des gaillards aux muscles luisants empilaient sur la promenade tout le nécessaire du confort: chaises longues, réchauds, glacières, tentes, douches. Un défilé de fourgonnettes les rembarquait. La plage se démontait comme un chapiteau.

— Le samedi et le dimanche, les baraques poussent sur le bord de mer comme des champignons, annexent le sable, raccordent leurs réfrigérateurs, leurs douches, leur matériel de discothèque sur les réseaux de la ville, louent chaises et parasols, vendent tout ce qui se boit et se mange, pour leur plus grand profit, en toute illégalité.

Justin quitta la mosaïque du trottoir pour le sable. Après dix pas vers l'océan, il rebroussa chemin. Les invasions de la fin de semaine avaient abandonné un cimetière de bouteilles en plastique, canettes, emballages de pizza, papiers gras, mégots, préservatifs. Le soleil se couchait au bout d'Ipanema et de Leblon entre deux *morros* jumeaux. Le paysage était féérique et apocalyptique.

Justin rejoignit son père sur la promenade et ils longèrent le littoral vers la *ponta do Arpoador*.

— C'est le rendez-vous des surfeurs.

Les derniers partaient et croisaient des Bahianaises en turban et robe blanche qui déposaient au bord de l'eau de petits bouquets bleus et roses et des chandelles dans des coupelles en verre.

— Qu'est-ce qu'elles font?

— Elles apportent leurs offrandes à Iemanjá, la déesse de l'océan. Ce sont des initiées du *candomblé*. Elle n'étaient pas au programme de ton grand-père?

— Il m'a juste dit que le *candomblé* est une religion afro-brésilienne et constitue une réelle puissance occulte dans le pays.

François D. sourit.

— Les jeux de pouvoir l'ont toujours plus excité que la spiritualité, mais c'est vrai. Le *candomblé* compterait plus de trois millions de fidèles et dix mille lieux de culte au Brésil.

Ils tournèrent dans l'*avenida* Nossa Senhora de Copacabana. Même un dimanche soir, l'artère commerciale du quartier, parallèle à la plage, un pâté d'immeubles en retrait de l'*avenida* Atlântica, restait un canyon de pollution, de néons et de bruit où tourbillonnait un trafic infernal d'engins à roues et à moteurs.

Un piéton traversa au feu rouge et échappa d'un saut de carpe au pare-chocs d'un minibus pressé.

— Leçon 7, la plus importante: les Senna maladroits restent le plus grand danger de Rio.

— C'est quoi, un Senna?

— Mozart sur quatre roues. Senna, Ayrton, brésilien, *paulista*, triple champion du monde de formule 1.

Justin ne demanda pas en quel millénaire.

— Donc, quand tu traverses une rue, méfie-toi juste des chauffards.

Ils atteignirent un carrefour. De l'autre côté de l'*avenida* Nossa Senhora de Copacabana, une route grimpait à l'assaut du *morro*. Deux voitures de la police militaire et quatre sentinelles en treillis armées de mitraillettes en bloquaient l'accès.

— C'est l'entrée de la *favela do Pavão* ?

— Oui. Pour nous la limite du monde connu.

Justin désigna les policiers.

— Que font-ils ?

— Quand ils sont fatigués que les mauvais sujets de la *favela* s'y réfugient après leurs razzias chez les nantis, les policiers investissent leur sanctuaire. Puis, la *favela* décontaminée, ils repartent, les cafards reviennent, le manège reprend. La nuit dernière, la police a abattu deux hommes.

— Márcia, comment se débrouille-t-elle ?

— J'imagine qu'elle se protège comme elle peut, mais ne lui pose pas de questions. Les civils sont les otages des gangs, qui leur imposent l'omerta. Si un habitant parle, il ne fait pas de vieux os.

Ils tournèrent vers l'océan et passèrent devant la terrasse du Lucas, à l'angle de l'*avenida* Atlântica. Justin connaissait déjà le restaurant allemand par l'odeur de ses cuisines.

De retour à la «résidence du consul général du Canada», selon l'annonce dans le hall de l'immeuble, François D. s'assit sur la terrasse de l'appartement avec une canette de bière, Justin le rejoignit avec un *guaraná*.

—Un petit remontant avant la deuxième couche de peinture?

François D. grimaça:

—Non, un petit plaisir de la vie à ne pas gâcher. Si nous sous-traitions les finitions à des professionnels? Je les appellerai demain.

Justin avait perdu le compte des promesses avortées de son père: vacances, voyages, cadeaux, autorisations de sorties.

—Comme tu voudras.

Justin se coucha tôt, à nouveau dans sa chambre d'emprunt. Le bruit de fond de la ville était presque paisible. Pourtant, des battements lancinants résonnaient dans ses oreilles. Justin les attribua à son cœur, puis à son imagination. Quand les battements enflèrent dans ses tympans vers une clameur sourde de tam-tam, il y entendit dans son demi-sommeil l'appel de la *favela do Pavão* à la révolte contre les riches et rêva qu'il s'endormait dans un fort assiégé par des tribus indiennes sur le sentier de la guerre.

Chapitre 2
Exu

Le proviseur du lycée français de Rio jouissait par avance de son esprit: « Justin nous vient du Québec, par malchance sans l'accent et le parler aussi délicieux qu'incompréhensibles de la Belle Province. Accueillez-le toutefois comme il le mérite. »

Un ricanement salua ce vœu ambigu. Le proviseur fronça les deux sourcils en une feinte indignation. À ses côtés, Justin affrontait ses nouveaux camarades de la classe de 5e, l'équivalent de la première secondaire au Québec, comme un peloton d'exécution. Il aurait préféré se trouver déjà six pieds sous terre et comptait sur l'horloge du mur du fond les secondes de son supplice. Ses yeux évitaient ceux des élèves, il les devinait pleins de la curiosité malveillante avec laquelle lui et ses amis intimidaient les nouveaux venus dans leur collège de Gatineau.

Le proviseur braqua son attention sur une table du premier rang.

— Monsieur Edson Ribeiro, je suspends votre quarantaine et vous confie notre jeune ami québécois. Vous êtes autorisé à lui parler avec modération pour l'instruire de nos us et coutumes.

La classe s'esclaffa, le proviseur la remercia d'une main modeste. Edson Ribeiro leva sur Justin un regard d'une stupéfiante arrogance. Ils se jaugèrent. Un sourire sardonique se forma sur les lèvres d'Edson et finit d'effacer celui de Justin. Avec ses vêtements de marque, ses longs cheveux noirs séparés par une raie centrale, son beau visage bronzé, son voisin désigné promettait les tares cumulées de l'enfant gâté et du beau ténébreux et s'annonçait comme le baveux parfait.

Justin gagna sa place avec un début de nausée. Le cours de sciences de la vie et de la terre commença avec dix minutes de retard.

Son voisin l'ignora toute la matinée, mais, quand Justin se leva après la sonnerie de midi, un bras le rattrapa. Il se retourna sur un sourire narquois.

— Je t'emmène déjeuner dans un bistro français dont tu me diras des nouvelles.

Le bistro s'appelait « Tip Top Fast », une enseigne de restauration rapide dont le slogan donna des frissons à Justin : « Ça c'est Paris. » Des fresques des bords de Marne et de Seine mal copiées des peintres impressionnistes couvraient les murs de la salle bondée, les employés débordés portaient des maillots rayés noir et blanc, et un béret ou un canotier.

Edson commanda pour Justin une « baguette Obélix », grosse comme un menhir, des « frites Quartier Latin », des profiteroles « *Julieta e Catherine* » – en l'honneur de Juliette Binoche, le chocolat chaud, et de Catherine Deneuve, la glace vanille, selon Edson – et un « Coca-Napoléon », qui semblait le plus grand format disponible.

— Et pour toi ? s'inquiéta Justin.

— Rien aujourd'hui, il ne faut pas abuser des bonnes choses.

Edson paya et Justin remercia. Obélix sentait la cellophane, avait la consistance du carton et, par chance, aucun goût. Comme au Quartier Latin parisien, les frites suaient la graisse. Les profiteroles ne faisaient ni chaud ni froid. Le Coca-Napoléon échappait seul à ce Waterloo.

— Alors ?

— Ça change de l'ordinaire.

Quand ils ressortirent sur le trottoir, Edson éclata de rire et, pour la première fois, tapa sur l'épaule de Justin : « Ton père n'est pas diplomate pour rien. Tu es la première bonne surprise à m'arriver du proviseur. »

Sur le chemin du retour au lycée, Edson expliqua que la chaîne Tip Top Fast avait été fondée par son père et que son succès décourageait tout désir d'améliorer la qualité.

— Il faudrait être masochiste pour apprendre aux clients à manger.

Durant l'après-midi, deux professeurs tentèrent d'interrompre leur conversation, Edson les rembarra avec un grand sourire et l'ordre du proviseur d'accueillir Justin comme il le méritait.

Ils quittèrent ensemble le lycée, puis se séparèrent *rua das Laranjeiras*. Edson la traversa vers l'arrêt du bus qui le ramènerait dans le quartier de Gávea, près de Leblon. Justin la descendit vers le *Largo do Machado* et le terminus de son propre bus vers Copacabana.

Alors qu'il attendait le départ du véhicule, un grand métis maigre lui demanda dans un français distingué la permission de s'asseoir à côté de lui. Il s'appelait João, avait la peau couleur de beurre d'arachide, des traits européens, les cheveux presque ras et des oreilles décollées. Lui aussi était élève du lycée français et de la classe de 5e, où il étudiait incognito à l'avant-dernier rang. Justin fit mine trop tard de le reconnaître. João sourit en silence et Justin rougit. Le bus démarra.

João aussi habitait Copacabana. Son père commandait depuis janvier dernier le fort à la pointe sud de la plage, il avait auparavant été attaché militaire à l'ambassade du Brésil à Paris. João y avait étudié chez les jésuites du cours Bossuet. Il raccompagna Justin à l'*edifício* San Marco.

— Tu habites à quel étage ?

— Tout en haut.

— La *cobertura* ?

Justin acquiesça : c'était le nom au Brésil des appartements avec terrasse, posés au sommet d'un immeuble. Ils se dirent au revoir.

Dans l'ascenseur, Justin se rappela avoir un jour entendu comparer l'amitié à une enquête criminelle : les quarante-huit premières heures étaient cruciales ; à défaut des suspects habituels, Justin avait peut-être trouvé les bons.

. . .

Durant deux semaines, Justin continua ses bavardages avec Edson et ses retours en bus avec João. La classe de 5e comptait vingt et un élèves, dont sept filles. Le cœur de Justin ne s'enflamma pour aucune. Soucieux de prendre d'abord ses repères dans son nouvel environnement, il ne le regretta pas, mais espéra pour la rentrée prochaine une Brésilienne qui ressemblerait à Márcia ou une Parisienne blonde aux grands yeux apeurés.

Dans une classe partagée à proportions presque égales entre Français, Brésiliens et un mélange des deux, Justin constituait les « divers ». Avec un début d'année scolaire en février, les groupes étaient formés depuis longtemps.

Après quinze jours, Justin invita João et Edson à goûter à la résidence.

Les deux garçons acceptèrent avec surprise et parurent flattés. À Rio, les amitiés de lycée se continuaient dans les cafés ou sur la plage, mais franchissaient rarement le seuil des résidences familiales ou de fonction.

João apporta à Justin un album de photos de Rio à l'aube du XXe siècle, Edson lui offrit des CD.

— Un fils de consul pris pour téléchargement illégal de fichiers musicaux, ça ferait désordre.

Il leur ouvrit en remerciement sa chambre, tous les recoins de l'appartement, sauf le bungalow sur son toit.

Justin avait dressé la table pour trois sous l'auvent de la terrasse. Il alla chercher la tarte au sucre qu'il avait cuisinée pour huit, sous les yeux de Márcia reléguée à un rôle de stagiaire.

Un cri du cœur jaillit de la bouche incrédule d'Edson.

— Mais c'est bon, Justinho.

Justin détestait les diminutifs, Edson s'en était aperçu et en abusait. Justin, pour une fois, ne lui en voulut pas.

— Ça te surprend ?

— Je craignais un guet-apens pour te venger de notre premier déjeuner Tip Top Fast.

João salua à son tour la fine cuisine québécoise. Justin se détendit et le succès de sa recette tua toute conversation autour de la table.

Entre ses deux amis en probation, Justin mangeait lentement et ruminait ses pensées, encore perplexe devant leur trio mal assorti. Jusqu'à ce qu'il les réunisse comme un entremetteur, João et Edson s'étaient sans doute détestés. João aurait jugé Edson arrogant, fumiste et frimeur, Edson déclaré João incolore, coincé et sans saveur.

Justin avait découvert que l'un et l'autre avaient peu d'amis, João pour des raisons évidentes, Edson, car il en avait trop : 327 sur un réseau social en ligne, où Justin avait dû s'inscrire pour devenir le 328e.

Après la tarte au sucre, ils partagèrent d'autres recettes, sur le dressage de leurs pères.

Edson se félicita d'avoir toujours été cancre.

— Ce n'était pas prémédité, juste la chance ou un talent naturel. Le mien s'est habitué si tôt à ce que je le déçoive qu'un rien lui cause maintenant une bonne surprise.

Justin prôna la loi du talion.

— Œil pour œil, dent pour dent. Il m'interdit de sortir, je lui gâche si bien sa soirée qu'il me met presque à la porte. Les bons comptes font presque les bonnes relations père-fils.

João entreprit à contre-pied l'éloge de l'obéissance.

— C'est le secret de la tranquillité. Le mien donne toute la journée des ordres que personne ne discute. Le soir, il continue avec moi dans l'espoir que je proteste. Moins je réponds, plus il se lasse, et finit par ne presque plus rien m'ordonner.

Edson et Justin échangèrent un clin d'œil sceptique sur le paradis des familles militaires.

Au coucher du soleil, Edson et João se souvinrent qu'ils devaient rejoindre la leur.

Sur le palier, Edson gratifia Justin d'un *abraço* comme en reçoit rarement un 328e ami avant de demander gravement.

— C'est vraiment toi qui as cuisiné cette tarte ?

— Elle était si bonne que ça ?

— Parole d'honneur. Tu me donneras la recette.

. . .

Justin se leva. Le calendrier de sa montre lui rappela qu'il était au Brésil depuis un mois. Le premier grésil venait de tomber en avance sur Gatineau.

Il s'habilla en deux minutes. Ses bras et ses jambes jouissaient toujours plus de vivre au soleil.

La table du petit-déjeuner l'attendait sous l'auvent de la terrasse. Justin s'assit dos à la mer et leva les yeux : la *favela do Pavão* gardait ses distances.

Márcia avait perdu son chignon et son uniforme de vieille fille. Elle portait un polo rose, comme le bandeau qui tirait ses cheveux en arrière, et un pantalon capri brun. Justin aurait préféré une jupe blanche de joueuse de tennis pour admirer ses jambes, le consul ne demandait pas mieux.

Márcia déposa devant lui sa crêpe au tapioca *Romeu e Julieta* de chaque matin. Justin saliva. Il aimait les habitudes comme le beau temps. Elles lui donnaient l'illusion de maîtriser un peu le monde.

François D. apparut le temps d'un café, puis lui et Justin rejoignirent Aurelio, garé devant l'*edifício* San Marco. La Lexus remonta l'*avenida* Atlântica jusqu'au numéro 1130. Le consul noua sa cravate, comme s'il se passait la corde au cou, et descendit. Au cinquième étage de l'immeuble en verre fumé, pendait un petit drapeau canadien.

Justin avait visité une fois le consulat, il n'était pas pressé d'y retourner. Un portique d'aéroport et deux gardes de sécurité l'avaient introduit dans une salle d'attente sans fenêtres, puis son père l'avait guidé dans des locaux tristes et sombres. Le bureau du consul général, décoré d'affiches de Tourisme Canada aux couleurs aussi passées que la peinture, aurait mérité les murs jaune, bleu, vert, rouge de sa chambre.

Justin était reparti avec la sensation de sortir d'un placard où son père poussait et tamponnait du papier à la chaîne, entre deux missions : compagnon de table pour l'ambassadeur ou guide touristique pour dignitaire de passage.

C'était son premier poste de diplomate, après une carrière à l'Agence canadienne de développement international où, d'un bureau décoré de masques et totems dans un beau bâtiment historique d'Ottawa, il avait dirigé les programmes africains de l'organisme.

De retour au soleil de la rue, Justin avait mieux compris pourquoi le consul avait décrit Rio comme un exil doré.

Justin continua seul avec Aurelio. La Lexus franchit le tunnel vers Botafogo, puis suivit le Corcovado comme l'aimant d'une boussole, jusqu'au lycée Molière, dans une zone de villas anciennes au milieu de beaux jardins.

Une sonnerie annonça le début des cours. Justin monta l'escalier aux marches en bois jusqu'à la classe de 5e. Un parfum de forêt entrait par les fenêtres ouvertes sur les flancs des *morros*.

Justin échangea un sourire avec João, déjà installé au fond de la salle, puis s'assit à sa table du premier rang, seul comme souvent à cette heure.

Le cours de mathématiques débuta, en français, ainsi que toutes les matières à l'exception de la langue et la littérature portugaises, l'histoire et la géographie brésiliennes et... l'éducation physique. Justin écoutait d'une oreille en semi-vacances : l'année scolaire se terminait au Brésil en décembre, il avait déjà achevé la sienne au Canada ; son passage, après les fêtes de fin d'année, dans la classe supérieure était assuré.

Au bout de cinq minutes, Edson entra sans frapper et présenta ses excuses à la jeune professeure avec un sourire si effronté qu'elle rougit. Justin se sentit gêné pour elle, le reste de la classe rit. Edson s'assit à côté de lui et le salua d'une tape sur l'épaule.

Le français succéda aux mathématiques, puis vint le tour de l'histoire de France. Justin déballa ses propres dossiers sous son livre de cours et délaissa la vie « sans peur et sans reproche » du chevalier Bayard pour l'histoire plus récente de la *favela do Pavão*. Il avait poursuivi ses recherches sur Internet, puis à la Maison de France, qui occupait tout un immeuble du centre-ville comme pour faire honte au consulat canadien, et maintenant mettait de l'ordre dans ses documents.

La *favela* avait été fondée dans les années 1920 par des émigrants d'une *favela* voisine chassés par le manque d'espace, à la manière des colons canadiens appâtés toujours plus à l'ouest par les terres vierges. Quand presque toutes les *favelas* de Copacabana avaient été détruites par le développement immobilier, elle avait survécu. Son terrain trop abrupt pour attirer les promoteurs avait en retour bloqué son développement. Sans espace pour croître, ses habitants, dix mille ou quatre fois plus selon les rapports, avaient imité Copacabana à leurs pieds et empilé les étages. Des constructions en comptaient cinq, certaines peut-être plus. La *favela* était tolérée, mais sans existence légale. L'accès de ses résidants à l'eau et l'électricité n'avait longtemps tenu qu'à des branchements pirates. Les raccordements étaient maintenant officiels, mais les réseaux, surtout d'égouts, non entretenus. La brique et le ciment avaient remplacé le bois et le torchis dans la construction, mais les maisons restaient instables, fragiles, et presque toujours insalubres. À la saison des pluies, beaucoup s'effondraient, le terrain glissait parfois avec.

Coincé entre le chevalier Bayard et un voisin égaré dans des bidonvilles, Edson s'ennuyait.

— Que t'a fait cette *favela*, Justinho?

Justin ne le savait pas au juste et Edson ne l'aurait de toute façon pas compris : les *favelas* lui étaient, comme à la majorité des *cariocas*, invisibles.

— Rien, c'est mon grand-père qui s'y intéresse.

C'était presque vrai. Justin avait donné un projet à sa fascination pour la *favela do Pavão* : la jumeler avec le comté de Charlevoix, où son grand-père vivait sa retraite.

La mort de Bayard et la sonnerie de fin des cours interrompirent le travail de Justin. Il descendit avec Edson et João au *Largo do Machado* et ils pénétrèrent dans une galerie commerciale des années 1960 aux magasins désuets et bon marché. Au comptoir d'une *lanchonete* qui prétendait sans mentir servir la meilleure cuisine arabe de Rio, ils commandèrent des *esfihas* farcies de viande, poulet, fromage ou salade. Au lendemain de leur visite à la *cobertura*, João et Edson y avaient emmené Justin pour le remercier. Ils y retournaient depuis chaque jour. Ils mangèrent leurs achats sur la place, au pied d'un des arbres immenses, dont les branches emmêlées de lianes lui donnaient un faux air de jungle. Autour d'eux, de vieux *Carioca*s jouaient aux dames.

La bouche pleine, Justin surveillait ses amis du coin de l'œil. Certains jours, leurs anciens antagonismes affleuraient encore: João traitait Edson de *fenomeninho* [3] Edson lui lançait en réplique *monginho* [4].

Ils remontèrent vers le lycée. Le mardi après-midi était consacré à l'éducation physique, c'est-à-dire au *futebol*, peut-être car la discipline s'enseignait en portugais. Justin n'avait jamais eu de goût pour le sport. Son accident aurait pu l'en dispenser, même si son dos bardé de

---

[3] bébé-phénomène
[4] petit moine, moinillon

plaques et de vis était solide comme jamais, mais il ne souhaitait se distinguer en rien. Sa cicatrice avait inspiré dans le vestiaire respect et interrogations.

Justin ne connaissait du *futebol* que le soccer, et à peine par sa sœur: elle y avait joué deux ans et vénérait David Beckham, plus un joueur brésilien qui avait paraît-il meilleure mine que son nom, Kaká.

Comme chaque mardi, Justin, Edson et João mirent leurs talents en commun au service de la même équipe. Sa première partie avait révélé à Justin qu'il n'existait pas plus de gène brésilien du *futebol* que de chromosome canadien du hockey.

Edson étrenna un nouvel habit de lumière, jaune et vert, de gardien de but; Justin partit se faire oublier à la position d'arrière droit; les longues jambes de João s'affairèrent au centre de la défense.

Le Christ Rédempteur émergeait par instants des nuages et saluait des deux bras les péripéties du jeu. Avec sa bénédiction, Edson arrêtait parfois un ballon, puis l'instabilité du temps lui retirait l'aide divine et il était à nouveau crucifié, sur un tir que Justin aurait eu du mal à ne pas arrêter. Ses gaffes à répétition étaient saluées de rafales de *frango*, surnom des gardiens aussi incapables de capter un ballon en route vers leur lucarne qu'un poulet de s'envoler. Justin soupçonnait Edson de se ridiculiser pour mettre en valeur ses compagnons.

Leur équipe l'emporta 7-6. Edson loua le «jeu sans ballon» de Justin. Il faisait nuit quand ils quittèrent le lycée. Ils rejoignirent la *rua das Laranjeiras*. Même dans un autobus surpeuplé, Edson craignait la solitude. Au lieu de traverser la rue pour se poster à l'arrêt du sien, il accompagna Justin et João au *Largo do Machado*. Ils prirent tous les trois le bus de Leblon, qui passait par Copacabana ; Edson rentrerait chez lui en deux fois plus de temps, mais serait moins seul.

Justin et João descendirent sur l'*avenida* Nossa Senhora de Copacabana. Edson passa la tête par la fenêtre du bus et cria à l'intention de Justin.

— Je compte sur ta promesse.

— J'ai juste promis de faire de mon mieux.

— Et négocie serré avec ton paternel.

François D. jouait de la guitare au bord de la piscine, un rock lourd de dinosaures disparus. Justin tira un fauteuil jusqu'à la lanterne la plus éloignée des décibels et s'y assit, son ordinateur sur les genoux. La connexion Wi-Fi de l'appartement était de bonne humeur. C'était l'heure des nouvelles du Canada et des amis qu'il y avait laissés. Les courriels se raréfiaient, comme si le vrai voyage de Justin n'avait pas pris une nuit d'avion mais se poursuivait encore. Le Canada finissait de s'éloigner derrière lui.

Justin trouva dans sa messagerie un courriel de sa mère. C'était devenu sans préméditation leur mode privilégié de communication. Mary-Ann Ryan descendait d'une longue lignée d'Irlandais arrivés au Québec au XIXe siècle. Avocate, elle dirigeait à Ottawa le cabinet du ministre fédéral de la Justice et bannissait de ses courriels les abréviations, les sourires, toute licence avec la grammaire et l'orthographe, ainsi que tout mot superflu. Elle les écrivait en anglais et les archivait, comme les réponses qu'elle recevait.

Justin appréciait ce balancement entre le français et l'anglais, le laisser-aller de l'oral avec son père et l'obsession du détail à l'écrit avec sa mère. Ses parents, le français et l'anglais, lui semblaient faits l'un pour l'autre, comme le fromage et la goyave d'une crêpe *Romeu e Julieta*, et aussi inséparables, malgré la distance, que les deux hémisphères de son cerveau. Sa famille ne lui apparaissait pas éclatée entre Gatineau et Rio, mais au contraire sauvegardée par cette séparation géographique : il la ressentait de même nature que le coma médicamenteux où il avait été gardé après son accident pour faciliter sa récupération. Les Deslauriers-Ryan s'aimaient mieux de loin, y compris sur la même terrasse.

La musique s'arrêta. François D. s'approcha de Justin : « La ponctualité est la politesse des rois. »

À l'idée de mettre un costume, Justin sentit la sueur lui couler sur la peau. Le pire serait d'enfiler des chaussettes.

— Je suis fatigué, vas-y sans moi.

— Ne raconte pas de bêtises.

— Tu dis toujours que je me couche trop tard.

—Ce soir, ça en vaut la peine.

—Moins que quand je veux sortir avec des amis.

—Arrête et dépêche-toi.

—D'accord, mais on regarde à quelle heure on revient et, si, ensuite, je rentre aussi tard quand je sors avec des amis, tu ne diras rien ?

François D. se massa les tempes des deux mains.

—Ce n'est pas le moment. On en reparlera au calme.

Un répit dans le trafic de l'*avenida* Atlântica rendit la terrasse presque silencieuse. Justin revint à la charge.

—D'accord ou pas ?

Son père hocha à demi la tête, Justin éteignit son ordinateur.

Après avoir attaché son nœud papillon, Justin sortit du premier tiroir de sa table de nuit un maroquin en cuir Bordeaux aux armes *da Presidência da República Federal do Brasil*[5]. Il contenait une grande enveloppe cartonnée à l'adresse de « Son Excellence Michel Deslauriers, Ambassadeur du Canada au Brésil », et un écrin que Justin ouvrit. À l'intérieur, une paire de boutons de manchette reposait sur un tapis de satin rouge. En plus de la gravure en relief des drapeaux brésilien et canadien entrelacés, l'un portait une dédicace : « *Ao meu caro amigo canadense*[6] », l'autre une date, le 13 mars 1985, et une signature illisible, tracée de la main de Tancredo Neves, voué à prêter serment, deux jours plus tard, comme président du Brésil.

---

[5] de la Présidence de la république fédérale du Brésil
[6] « À mon cher ami canadien »

Justin n'avait jamais mis de boutons de manchette. Il les fixa aux poignets de sa chemise et trouva qu'ils le serreraient un peu, comme des menottes, quoiqu'il n'en ait jamais portées non plus. Il enfila sa veste.

Aurelio attendait Justin et François D. dans le garage. Il les conduisit dans le quartier de Flamengo. Le consulat du Royaume-Uni brillait comme un cinéma un soir de gala. Ils parcoururent un tapis rouge. À l'entrée de la salle de bal, un appariteur prit leur carton d'invitation et beugla leur nom. Le consul britannique et sa femme les accueillirent, puis les poussèrent dans la foule. Tout le Commonwealth *carioca* était présent, convoqué pour saluer l'héritier de la couronne, le prince William, dont la tête blonde virant sur le roux dépassait d'une mêlée humaine au centre de la salle.

Justin scanna l'assistance. Un petit homme rougeaud aux cheveux bouclés fonça sur eux. Justin fut présenté au consul général de Nouvelle-Zélande, qui lui broya la main, puis attira son collègue canadien au bar. Justin resta seul; il s'y attendait. Son père l'avait emmené comme une roue de secours dont il espérait ne pas se servir, contre le péché capital d'un diplomate : être surpris en flagrant délit de solitude par ses pairs.

Justin était venu s'ennuyer, mais aussi se créer des souvenirs. Un jour, ils seraient assez flous pour devenir bons. Il chercha d'autres invités de son âge et fut flatté de ne pas en trouver. Beaucoup auraient payé cher pour être à sa place, sa sœur Nadine la première : le futur roi, peut-être, talonnait David Beckham sur la liste de ses princes charmants.

— Puis-je vous offrir un sandwich au concombre?

Justin découvrit à ses côtés une femme à la dentition de rongeur, boudinée dans un sari; son mari était consul général des îles Fidji. L'un et l'autre avaient trouvé leur bouée de sauvetage contre l'ennui en solitaire. D'autres épouses délaissées les rejoignirent. Justin avait mis les boutons de manchette de son grand-père dans l'idée qu'ils lui fourniraient un sujet de conversation, mais il eut beau tirer sur ses poignets de chemise, aucune de ses compagnes ne les remarqua. Il apprit en revanche beaucoup sur la vie quotidienne des femmes de diplomates à Rio, entre l'ennui, le club de sport et les bonnes œuvres et se dit que sa mère ne se satisferait jamais du rôle. Justin avalait des petits fours et étouffait des bâillements, tandis que, du coin de l'œil, il suivait la navigation de son père, de groupe en groupe et de petite provinciale en petite provinciale, jusqu'au cercle princier. Quand il y pénétra, Justin attendit un signe de la main qui ne vint pas; son géniteur avait oublié jusqu'à son existence.

La salle commença à se vider, comme le commandaient le buffet dégarni et la diplomatie: rester le temps de montrer son attachement au Commonwealth, sans passer pour un vassal de la famille royale britannique. Justin le comprenait, semble-t-il, mieux que son père, désormais en conversation animée avec le futur chef d'État canadien. Ses compagnes s'éparpillèrent les unes après les autres en quête de leurs époux. À nouveau seul, Justin reprit sa tournée des croûtes sur les murs. Il était presque onze heures, ses sorties futures avec Edson et João s'allongeaient de minute en minute. Justin savourait avec délectation la prolongation d'un ennui qui lui achetait des heures et des heures de plaisir.

— Vous avez un père très sympathique, Monsieur Justin.

Justin sursauta. Le prince William se matérialisa à ses côtés, les joues écarlates et la *caipirinha* verte à la main. Quoique pas autant que sa sœur, Justin aimait parfois rêver éveillé. Alors qu'il fuyait le ballon sur le terrain du lycée français, il s'était vu présenté au prince et avait imaginé pour leur dialogue des réparties dont l'esprit et l'intelligence très au-dessus de son âge séduiraient l'héritier de la couronne.

Le jeune prince avait parlé français, Justin le remercia en anglais, la traduction française de « Your Royal Highness » aurait écorché son palais. Son anglais passa pour de la courtoisie, le prince poursuivit en français pour la même raison.

— Ce serait plaisant qu'il soit haut-commissaire à Londres, quand je serai roi.

Le prince William toussa aux implications macabres de son souhait et deux cercueils défilèrent dans l'esprit de Justin.

— Bien sûr, s'il n'est pas alors retiré de la vie active.

Justin ne s'était jamais inquiété du sort des héritiers des couronnes du monde. L'étrangeté de se préparer sa vie durant à une fonction pour l'inaugurer bien après l'âge de la retraite de ses sujets, ou jamais, le frappa pour la première fois. Justin pensa à haute voix, dans sa langue paternelle.

— Cette attente à durée indéterminée n'est pas lourde à porter?

Le prétendant au trône le regarda avec intérêt.

— Vous avez lu *Le désert des Tartares*, Justin?

Justin secoua la tête.

— Vous comprendrez quand vous le lirez… Les familles royales sont beaucoup moins dysfonctionnelles qu'au dire des magazines consacrés à leur gâcher la vie ou mon père aurait depuis longtemps empoisonné ma grand-mère et je comploterais un accident de polo.

Le prince William toucha le fond de sa petite provinciale. Justin paria qu'il en avait assez bu pour le trouver aussi sympathique que son père.

— Le Royaume-Uni pourrait peut-être vous prêter à un pays en manque de familles régnantes?

— Comme un club de soccer un joueur dont il n'a pas l'usage?

— À peu près.

— C'est vrai que j'ai un bon curriculum vitæ et ça m'éviterait de passer mes meilleures années sur le banc de touche. À votre avis, le Brésil voudrait de moi?

— Vous y avez beaucoup d'admirateurs.

Pour le prouver, Justin sortit de la poche de sa veste une photo du prince à peine écornée.

— Un ami brésilien aimerait que vous la signiez pour le consoler de ne pas être votre sujet.

— A-t-il une dédicace en tête?

— Oui: *I tip my top hat to Tip Top Fast*[7].

Le prince William ne posa pas de question.

. . .

Justin se doucha et s'habilla, puis rejoignit Márcia dans la cuisine. Il n'avait pas cours le mercredi et l'accompagnait chaque semaine au marché. Ils partirent le long de l'*avenida* Atlântica. Justin se sentait bien. Les rues de Rio ne l'inquiétaient plus, il reculait à peine devant ses tunnels. Il avait bronzé et maigri: la chaleur n'ouvrait pas l'appétit et les graisses fondaient au soleil. Márcia lui avait coupé les cheveux, il portait des marques de vêtement locales. Il croyait désormais plus ressembler à un *carioca* qu'à un *gringo*.

L'illusion se dissipait à l'ouverture de sa bouche, mais son portugais avait beaucoup progressé, grâce à Márcia. Entre son brésilien en devenir et son anglais rudimentaire à elle, ils s'entendaient comme larrons en foire, sauf quand elle décidait de ne plus comprendre aucune langue.

Dès qu'il l'interrogeait sur sa vie, elle riait, se taisait,

---

[7] Je tire mon chapeau à Tip Top Fast.

inventait des contes ou répliquait par des questions sur la sienne. Il ne savait même plus si elle était née à Salvador da Bahia, à Rio ou même au Pernambuco. Certains matins, elle avait un mari, des amants, une pléiade d'enfants ; le lendemain, ils avaient disparu. Justin connaissait à peine son nom, Montevilla Carvalho, par sa fiche de paye. En retour, il s'était inventé deux frères jumeaux, des ancêtres inuits, une passion pour le curling et une future carrière de chanteur d'opéra, mais son père avait trop parlé à Márcia avant son arrivée pour qu'elle soit dupe.

Chacun s'arrêtait toutefois aux portes du tabou de l'autre : Márcia ne l'avait jamais interrogé sur sa cicatrice, Justin ne lui posait aucune question sur la vie aux mains des gangs dans la *favela do Pavão*.

Les peintres professionnels appelés à la rescousse des murs de sa chambre leur avaient donné un brillant de laque. À trop les regarder, Justin avait encore parfois mal au crâne. Il avait offert les surplus de peinture à Márcia et guettait l'irruption d'une façade multicolore dans le panorama de la *favela* pour découvrir la maison où elle habitait.

— *Do que conversou com o Príncipe*[8] ?

— Il voulait tout savoir de Márcia Montevilla et je n'avais rien à lui dire. *Ficou descontente comigo*[9].

---

[8] De quoi as-tu parlé avec le prince ?
[9] Il était fâché contre moi.

Márcia rit.

— Pourquoi ne lui as-tu pas raconté mes recettes?

C'était dans la cuisine où ils communiquaient le mieux. Márcia cuisinait à l'instinct. Justin ne croyait ni à l'intuition ni à l'improvisation. Il l'observait et notait tout, comme un ethnographe agacé quand les matières premières, mesures, temps de cuisson, variaient trop d'un jour à l'autre.

Justin aimait pétrir les pâtes comme une glaise, mêler les ingrédients ainsi que les pigments d'une palette. Quand il avait préparé la tarte au sucre tant appréciée par João et Edson, Márcia ne l'avait à son tour pas quitté des yeux, mais avait repoussé d'un sourire la recette écrite qu'il suivait au gramme et à la seconde.

— Le prince est un vrai Anglais. La cuisine ne l'intéresse pas. Il croit que tu caches un secret. Il m'a donné carte blanche pour le découvrir.

— Mes vrais secrets sont mes recettes. Le reste ne compte pas.

Justin était heureux de marcher au côté de Márcia sur la mosaïque de l'*avenida* Atlântica. Alors qu'aucun uniforme ne trahissait plus son statut de domestique, des passants s'interrogeaient peut-être sur la relation entre la belle métisse et son compagnon.

Les premiers stands du marché débordaient presque sur l'*avenida* Atlântica. Ils remontèrent vers la *praça dos Paraíbas*, à un pâté de maison de la mer. Le marché s'y installait les mercredis et les dimanches matin. La place marquait le centre géographique et populeux de Copacabana. Tout le quartier y glissait comme au fond d'un sablier. Les âges, les sexes, les générations, les rangs sociaux, les fortunes, les couleurs de peau, les styles vestimentaires y passaient au mixeur et déambulaient parmi les charrettes de fruits et de légumes, les étals des poissonniers et des bouchers, les odeurs d'épices et de poubelles.

Ils firent le tour de la place, dans le sens de la foule. Justin goûtait les tranches de mangue et d'anone offertes par les commerçants et remplissait des achats de Márcia le sac à provisions qu'elle traînait.

Leurs courses complétées, ils s'offrirent de petits *pastéis* à la viande et aux crevettes, puis prirent le chemin du retour par une rue bordée d'amandiers et d'une tranquillité presque provinciale, que Justin ne connaissait pas.

Márcia s'arrêta soudain et prit le bras de Justin. Deux *rapazes* traversaient la chaussée dans leur direction, ils portaient les shorts et les maillots à trous des jeunes vagabonds des rues. Márcia se remit en marche, à pas comptés. Justin n'avait pas à l'interroger pour saisir la menace. Le duo s'était assis sur le muret d'un immeuble et semblait les attendre. Justin parcourut la rue des yeux, les trottoirs étaient vides; son calme faisait son charme et ses risques. Les *rapazes* se levèrent. Justin se tourna vers Márcia pour lui proposer de rebrousser chemin, mais elle le tira d'abord vers elle et ils tentèrent de se faufiler le long des façades. Leurs vis-à-vis bougèrent de trois pas et leur bloquèrent le passage. Le plus grand n'avait que la peau sur les os, une chevelure poussiéreuse de porc-épic et la peau brun pâle. Il fixait sur Márcia des yeux intelligents et un sourire presque doux. Il commença à parler, un portugais chuintant et inarticulé dont la peur ôta à Justin toute compréhension. Il sentait un début d'engourdissement dans les doigts de sa main droite, tenta d'y résister, mais un froid d'anesthésie remonta vers son coude.

Face à lui, le second *rapaz* ricanait. Il était plus petit que Justin, presque un gamin, noir, avec une tête énorme aux cheveux crépus d'un blond décoloré, un nez épaté et une bouche en ovale. Des lunettes de soleil mangeaient le reste de son visage.

Márcia balbutia une réponse. Le sourire de son interlocuteur disparut, une lame brilla dans sa main gauche et se pressa sous le menton de Márcia. Au même instant, son acolyte plaqua des deux bras Justin contre la grille de l'immeuble, puis un couteau surgit dans sa main droite et se pointa sur sa glotte. Justin déglutit avec peine. Son bras droit pendait à son épaule comme une branche morte. La force inattendue de son agresseur et la peur paralysaient le reste de son corps.

Márcia tira son porte-monnaie du sac à provisions. Le plus grand s'en empara et le cala de sa main libre sous la ceinture de son short. Il parla et sourit à nouveau, tandis que la pointe de son couteau caressait la gorge de Márcia. Quand elle acquiesça, il baissa son arme et rengaina d'une pression sur un bouton la lame dans son manche. Son compère éloigna la menace de la gorge de Justin, puis tendit la main gauche et Justin sentit ses doigts dans la poche de son bermuda. Le *rapaz* en sortit la monnaie des *pastéis*, les clés de la résidence et la photocopie de la carte d'identité fournie à Justin par le ministère brésilien des Affaires étrangères. Il passa le document à son compagnon, qui le déplia et le parcourut, puis dévisagea Justin avec un sourire de dérision.

Le petit noir empochait les clés de la résidence et l'argent de Justin, quand Márcia lui saisit le poignet. Elle s'adressa à l'autre *rapaz*, qui opina. Un nouveau ricanement secoua la tête trop grosse du petit agresseur. Ses lunettes se relevèrent sur deux yeux jaunes et désaccordés, puis il fourra les clés dans la main droite de Justin. Les clés tombèrent sur le trottoir, Justin les ramassa de la main gauche. Le petit noir roula des yeux interloqués et son couteau se redressa vers le visage de Justin. Un réflexe rejeta sa tête en arrière. Il sentit un picotement sous le lobe de son oreille droite, puis l'autre. Le couteau redescendit. Le *rapaz* suça deux gouttes de sang sur la lame et rabaissa ses lunettes. Après une dernière raillerie du petit noir, les deux agresseurs partirent en courant vers la *praça* dos *Paraíbas*.

Justin et Márcia s'assirent sur le muret, le souffle court.

—Ça va aller, Justin ?

Il hocha la tête.

— Sûr?

— Oui.

Il tâta ses oreilles, sans presque y trouver de sang, puis massa son bras mort. Les médecins le lui avaient certifié, la paralysie était dans sa tête. Les nerfs s'étaient reconstitués en totalité. Seule l'appréhension créait les courts-circuits qui enlevaient son bras à son contrôle. Elle disparaîtrait avec le temps, et eux avec.

La rue se réveilla. Des passants et des voitures réapparurent. Márcia reprit le sac à provisions et ils se remirent en marche vers l'appartement. Justin avançait, tête baissée sur le trottoir, et frissonnait à chaque piéton qui les croisait.

— Tu me jures de ne rien dire à ton père? Je rembourserai l'argent.

Il acquiesçait toujours, comme un automate, et massait son bras, sans résultat. La peur de la crise déclenchait la crise, avait pontifié un professeur. Justin avait soupé des explications qui ne résolvaient rien.

Dès leur retour à l'appartement, Justin s'enferma dans sa chambre. Il s'assit sur son lit, son bras reprit des forces. Márcia frappa à la porte. Il cria qu'il allait bien, sans lui ouvrir.

Il voulait épuiser sa honte sans témoin. Il croyait avoir apprivoisé Rio, et Rio l'avait mordu. Il pensait s'être moulé à la ville, comme un lit à un corps, elle l'avait rejeté, ainsi qu'une mauvaise greffe. Une nouvelle rééducation débutait, sans garantie de succès.

Seul l'ennui le chassa de sa chambre. Il sortit de l'appartement sans être vu de Márcia. Ses agresseurs avaient la photocopie de sa carte d'identité brésilienne, ils connaissaient son adresse, peut-être l'attendaient-ils devant la porte de l'*edifício* San Marco : il était une proie si facile. Justin emprunta la sortie de service sur la *rua* Sá Ferreira. Une foule aussi insouciante que lui le matin remplissait les trottoirs. Le soleil se couchait déjà derrière le toit des immeubles. Justin se dirigea vers la *praia do Arpoador*, les yeux fixés au sol pour ne croiser aucun regard.

Le *parque Garota de Ipanema* l'aurait conduit directement à la mer. Il n'y entra pas, pour éviter les bandes qui le hantaient.

Il parcourut la plage sans voir Edson ni João. Aucun surfeur ne se dressait sur les vagues mauves, le crépuscule approchait. Justin s'assit sur le sable et attendit. Les derniers rayons du soleil l'éblouirent. La tension se déchargea, l'agression glissa peu à peu du présent dans le passé. Justin la contempla d'un début de distance : elle lui avait à peine coûté trois pièces de monnaie et deux gouttes de sang, à Márcia peut-être une poignée de *reais* ; rien de plus n'avait été volé, pas même le sac rempli à ras bords de provisions ; l'incident resterait secret, il n'aurait à se justifier à personne, mais aurait pu affirmer que l'inaction avait été la voie de la sagesse, quand sa résistance aurait mis Márcia en danger. Rien, pourtant, ne lavait sa honte : sa passivité ne devait rien à sa raison et tout à sa peur.

Justin se leva et nettoya le sable de ses cuisses et ses mollets. Au premier carrefour, il oublia la plus importante leçon de son père et finit presque sous un bus.

De retour à la *cobertura*, il vit pour la première fois Márcia en colère.

— *Nunca saia de novo sem me avisar* [10].

Justin eut honte d'une petite lâcheté de plus : « Excuse-moi. »

— Edson est venu. Il s'inquiétait de ne pas t'avoir vu à la *praia do Arpoador*.

L'expérience du matin avait colorié le monde de Justin en couleurs sombres, il pensa qu'Edson était moins préoccupé de lui que de l'accomplissement de sa promesse.

— Que lui as-tu dit ?

— Que tu avais été fatigué et que tu venais de sortir. Vous aviez dû vous croiser.

Justin gagna sa chambre. Il tenta sans succès d'éclaircir ses idées noires sur Internet, puis rejoignit Márcia dans la cuisine. Elle s'excusa à son tour.

— J'ai dit des bêtises.

Ses excuses avaient une bonne odeur d'*acarajés*. Les beignets à la pâte de haricot crépitaient dans l'huile rouge de *dendê*, elle préparait la salade de tomates vertes qui les accompagnerait.

— Tu en laisseras à ton père ?

---

[10] Ne ressors jamais sans me prévenir.

— S'il me rapporte des petits-fours.

Le consul du Canada était de pensum diplomatique à une conférence de l'Alliance française. Justin regretta un instant son refus de l'accompagner, il aurait aimé se fondre dans une foule.

Il quitta Márcia et se posta sur la terrasse, envahi d'un besoin rare de s'épancher. Il songea à appeler João ou Edson, mais il ne saurait quoi leur dire au téléphone.

Márcia se montra sur la terrasse.

— Ce n'est pas un soir à rester seul. Tu veux que j'attende ton père avec toi ?

Justin secoua la tête.

— Non merci. Ne t'inquiète pas.

Justin ne bougea pas de la terrasse. Les étoiles brillaient d'indifférence au-dessus de sa tête. L'agression y défila à nouveau. Des évidences jusqu'alors invisibles lui sautèrent aux yeux. À l'apparition de leurs agresseurs, le visage de Márcia s'était rempli d'effroi, mais pas de surprise. Assis sur le muret, leurs agresseurs les attendaient, eux et personne d'autre. Dilatée par la peur, la scène lui avait paru interminable ; à vitesse normale, elle restait d'une incompréhensible longueur : une discussion plus qu'une attaque.

Débarrassée des parasites de la panique, la bande-son de l'agression lui devint presque audible. La mémoire de Justin crut reconnaître plusieurs fois le nom de Márcia dans la bouche du plus grand : il la connaissait. Au moment de s'enfuir, le petit à grosse tête avait ricané au visage de

Justin une dernière menace. Justin ne l'avait pas comprise alors, il pensait maintenant l'avoir reconstituée : « *Até a próxima* [11]. »

Les deux *rapaze*s avaient emporté le porte-monnaie de Márcia, mais rendu à Justin les clés de la résidence, ils lui avaient laissé sa montre. À l'inverse, ils avaient saisi la photocopie des papiers fournis par le ministère des Affaires étrangères brésilien : ils connaissaient son nom, son adresse, la fonction de son père à Rio.

Justin se coucha. Durant son sommeil sans rêve, son esprit ne chôma pas. Justin se réveilla sur une certitude : il y avait un secret au cœur de la vie de Márcia ; il n'était pas anodin. Qu'il le veuille ou non, Justin y était mêlé.

Au déjeuner, la présence de son père l'empêcha d'interroger Márcia. Dès la fin de ses cours au lycée Molière, Justin abandonna Edson et João et retourna à la *cobertura.* Quand il pénétra dans la cuisine, Márcia parlait dans son téléphone cellulaire. Elle interrompit la communication sans qu'il en entendît rien.

Justin avait élaboré une hypothèse, qu'il lui soumit : elle connaissait leurs agresseurs, ils habitaient comme elle la *favela do Pavão*, peut-être étaient-ils même de sa famille, dont elle refusait de parler, ils travaillaient en tout cas pour un gang, qui en avait après elle. Pourquoi ? Il attendait qu'elle le lui dise.

Márcia lui opposa son sourire, puis un soupir :

[11] À la prochaine.

« *Você tem imaginação demais, Justin* [12]. Tu m'inventes des secrets qu'un prince veut percer, maintenant des parents *bandido*s et un complot contre moi. C'était juste une agression, Justin. Comme des dizaines chaque jour. Rien de plus. »

— Tu sais bien que non.

Il lui mit sous le nez les incohérences de la scène. Márcia cessa de sourire. Il accentua son harcèlement. L'interphone sonna. Márcia tomba sur sa chaise comme un boxeur sauvé par le gong. Justin alla répondre : sa professeure de portugais était à la réception.

Iara Campos se présenta à la porte de la *cobertura*, dressée sur ses talons hauts et moulée dans sa robe noire de femme fatale, sans conscience de tomber encore plus mal que de coutume. Son décolleté révélait le gros d'une poitrine qui semblait à Justin achetée sur catalogue ; il doutait aussi de l'origine de son nez et de ses lèvres.

Iara Campos l'appelait « *o meu Justinho carríssimo* [13] » et lui passait les mains dans les cheveux, avant que Márcia les lui coupe. Justin l'aurait haïe, même si cette petite séduction ratée n'avait pas été le prologue à la conquête de son père.

Il subit une aventure de plus du héros de la méthode linguistique *O português sem dor* [14], un Français imbécile

---

[12] Tu as trop d'imagination, Justin.
[13] mon très cher petit Justin
[14] *Le portugais sans douleur*

de son âge, en vacances au Brésil avec ses parents. Pour leur premier dimanche à Rio, et déjà la dixième leçon, le trio infernal visitait le pittoresque marché de la *praça* General Osório. Justin leur souhaita, pour la suite de leur séjour et les prochaines leçons, un trop plein de mauvaises rencontres.

Il eut beau se montrer encore plus obtus que de coutume, sa professeure le louangea à son père, venu à son tour réclamer son heure de cours à la voluptueuse dame en noir. Il l'emmena dans son bureau où ils s'enfermèrent.

Iara Campos avait fourni à Justin un exutoire à sa mauvaise humeur. Quand il retourna à la cuisine, il était calmé. L'instant était passé, Márcia avait repris ses esprits et son tablier, elle ne parlerait plus. Ils se réconcilièrent comme la veille, dans une odeur inédite.

— C'est quoi?

— *Moqueca de peixe*. Un mijoté de poisson.

À défaut de secrets, Justin consigna dans son carnet culinaire une recette bahianaise de plus.

Quand il retourna sur la terrasse se rafraîchir de l'étuve de la cuisine, le consul et Iara Campos l'avaient devancé. Elle gronda Justin de lui avoir caché son tête-à-tête de l'avant-veille avec le prince William, qui était «*tão gostoso quase tanto guanto vocês dois* [15]». Leur professeure rit de son esprit, seule, puis en compagnie, avec

---

[15] si séduisant, presque autant que vous deux

un temps de retard, de l'aîné de ses élèves. Justin eut honte pour lui.

Le consul suggéra à Iara Campos d'aller admirer la vue. Elle ne sembla pas comprendre, puis obtempéra avec un sourire entendu quand il répéta son invitation. Il se pencha vers Justin : « Ce soir, je prolonge la leçon. J'ai invité Iara à dîner. »

Justin planta en l'honneur de sa mère une banderille dans le mauvais plan paternel.

— Bonne idée. Ça me fera du bien aussi. Où allons-nous ?

Sans penser mettre sa menace à exécution, Justin vit avec jubilation son père paniquer autant que lui la veille face au couteau de son petit agresseur.

— Je pensais que tu attendais un appel de ton grand-père ?

Justin mima une longue réflexion.

— Tu as raison.

— Nous... Je ne rentrerai pas tard.

Iara Campos revint de la balustrade la poitrine frémissante « *da beleza deslumbrante* [16] » du panorama. François D. monta à sa garçonnière se changer. Le silence tomba sur la terrasse, trop léger au goût de Justin.

La porte de l'appartement se referma sur les deux tourtereaux, puis Márcia vint lui souhaiter une bonne nuit avant de partir.

---

[16] de la beauté éblouissante

— Pourquoi refuses-tu de parler de toi ?

— Ce n'est pas facile...

La porte se referma, Justin regarda sa montre. Le téléphone sonnerait dans une demi-heure.

Justin apporta le combiné sur la terrasse. Il imaginait son grand-père dans son manoir de Charlevoix. C'était la période lugubre avant la neige, ils l'avaient partagée l'an passé : des jours de plus en plus courts sous des ciels de plus en plus bas et gris ; le vent, la pluie et la boue ; des arbres réduits à leur squelette.

Justin décrocha à la deuxième sonnerie. La voix de son grand-père lui parvint forte et nette. Pourtant depuis cet après-midi de l'année précédente, au lendemain du Jour du Canada, quand Michel Deslauriers s'était effondré sans connaissance, devant lui, dans les roses de son jardin, sa voix, pour Justin, sortait d'outre-tombe et il savait que son grand-père le considérait aussi, depuis son accident, comme un ressuscité.

Après l'hôpital, Justin avait rejoint son grand-père en convalescence dans son domaine de Charlevoix et ils avaient poursuivi ensemble la reconquête de leur côté droit. Aujourd'hui, Michel Deslauriers se déplaçait avec une canne qui n'était pas un accessoire de mode, une infirmière rebaptisée gouvernante remplaçait à ses côtés Justin, dont le bras restait enclin à la grève sauvage.

— J'ai eu des échos de ta rencontre d'hier avec le prince. Félicitations, Justin.

Justin restait abasourdi par les réseaux de son

grand-père et leur fonctionnement en temps quasi réel, même du fond de sa retraite.

Michel Deslauriers n'était pas retourné au Brésil depuis la fin de son mandat d'ambassadeur en 1985, mais n'avait jamais cessé d'y entretenir ses contacts. Depuis un mois, il épluchait à nouveau *O Jornal do Brasil*, *A Folha de São Paulo*, *Gazeta Mercantil*, les hebdomadaires *Veja et Istoé* dont il était sans doute le seul abonné entre Québec et le pôle. Ils firent le point de la semaine au Brésil et au Canada, puis Michel Deslauriers entra dans le vif du sujet.

— Ton projet est assez mûr pour en parler ?

Justin n'attendait que ce signal, il sourit au combiné, puis lança son argumentaire, il le connaissait par cœur. Jumeler la *favela do Pavão* au comté de Charlevoix où résidait son grand-père était en théorie impossible, il le savait. La *favela* n'était ni une municipalité, ni un arrondissement, elle n'avait ni existence administrative, ni élus, à peine une association autoproclamée de résidants, aux yeux de beaucoup une mafia de plus. La *favela* était hors-la-loi depuis presque quatre-vingt-dix ans, et pourtant toujours là. Il fallait l'imiter, comme elle dénicher un moyen de déjouer les pronostics.

Pour Michel Deslauriers, la diplomatie avait à peine été un intermède, sa vraie carrière était la politique. Durant quatre mandats, il avait représenté le comté de Montmorency–Charlevoix–Haute-Côte-Nord au parlement fédéral. Justin sentit au bout du fil le réveil de la bête politique.

— Sans être un jumelage, ce pourrait être un parrainage, de la *favela* par le comté ou une de ses villes, ou de ses habitants par les résidants du comté. Je pourrais convaincre des sociétés locales de s'impliquer. La carte fédérale peut se jouer, en direct à Ottawa, par-dessus la tête de mon successeur au parlement. La carte provinciale aussi, dans le cadre d'une coopération du Québec avec l'État de Rio. Le jumelage ou parrainage serait vendu comme un projet-pilote à élargir ensuite. Il y a enfin, grâce à toi, la carte de la relève : tu pourrais soumettre ton projet au parlement des jeunes, à Québec ou Ottawa.

Les idées de son grand-père recoupaient les siennes. Justin n'en manquait pas, seuls les moyens de les concrétiser lui faisaient défaut.

— J'attends ton document. Je parlerai à mes contacts brésiliens, ils ne sont pas éternels, mais il m'en reste.

Michel Deslauriers les réservait à son petit-fils et les refusait à son fils.

Quand Justin reposa le combiné, remis en selle par la conversation, il avait perdu tout besoin de se confier.

Une averse s'abattit sans préavis. Au loin, le ciel s'illuminait par intermittence, sans éclairs ni tonnerre. Justin dégusta la *moqueca de peixe* sous l'auvent. Márcia disait peut-être la vérité : seules importaient ses recettes de cuisine. Grâce à elles, Márcia le nourrissait. C'était un lien plus étroit que bien des relations de sang.

Les attentions de Márcia à son égard méritaient qu'il lui reconnaisse un droit à des secrets : Justin n'aurait abdiqué le sien pour rien au monde.

Son père n'était pas rentré quand il se coucha. Les bruits de la ville, même les sirènes et presque les coups de feu, étaient devenus trop familiers pour l'effrayer. Seul l'inconnu était vraiment terrifiant. Justin sourit dans le noir : si le *rapaz* à trop grosse tête avait bien lancé « *Até a próxima* », il ne perdait rien pour attendre.

Deux voix qui chuchotaient et des rires s'infiltrèrent dans son premier sommeil.

Au matin, des bruits de douche le tirèrent du dernier. Une colère instinctive l'arracha à ses draps. Il guettait dans le couloir quand Iara Campos sortit, enveloppée dans une serviette blanche, de la salle de bain de la chambre voisine. Avec un petit cri, elle courut vers la terrasse et l'échelle du bungalow.

Justin rentra dans sa chambre, plus furieux que malheureux, choqué surtout par la bêtise de son père, et le mépris envers ses sentiments dont témoignait son manque d'efforts à se cacher.

Justin prit seul son petit-déjeuner. Il trouva à sa crêpe *Romeu e Julieta* un goût et une ironie amers. Le consul apparut à l'heure de monter dans l'ascenseur. Justin appuya sur le bouton du rez-de-chaussée et la porte se referma.

— Je suis désolé.

Justin ne dit rien, le chagrin l'avait rattrapé. Son

père avait brisé la fable qu'il s'était inventé. Il s'était convaincu qu'il restait attaché à sa mère, il venait de prouver le contraire.

—Merci de ne pas en parler. Surtout à ta mère.

Justin ne dit toujours rien. Son père demandait sa complicité au nom d'une solidarité masculine supposée aller de soi et ouvrait de force ses yeux et ses oreilles aux trahisons des adultes. Justin n'avait ce matin qu'une envie : la compagnie de João et Edson. Quand l'ascenseur s'arrêta au rez-de-chaussée, il sortit en courant pour les retrouver plus vite.

Chapitre 3
Romeu e Julieta

Justin s'avança sur la terrasse. Il cligna des yeux sous l'éblouissante lumière du ciel, puis se replia à l'ombre de l'auvent. La table du déjeuner était mise pour un unique convive. Son père était parti la veille pour Brasília, c'était le premier mercredi depuis son agression.

Edson l'avait invité à dormir chez lui, mais le consul avait refusé, prétextant qu'il ne connaissait pas les parents de son ami. Justin avait proposé comme alternative qu'Edson ou João dorme à la *cobertura*, François D. avait opposé un nouveau veto : deux spécimens, à l'âge de toutes les bêtises, au lieu d'un, dans un appartement ne lui semblaient pas un gage de sécurité accrue. Au final, il avait exigé qu'en son absence le plus jeune des deux portiers, Pedrinho, au regard de Pierrot lunaire, passe ses nuits à la résidence.

La veille, Pedrinho avait refusé la chambre préparée par Márcia et déroulé un matelas en mousse dans le réduit à côté de la cuisine. Il était depuis longtemps de retour à la réception.

Justin s'assit et fronça les sourcils. La nappe en coton bleu manquait, la place des couverts était inversée, son jus de *maracuja* l'attendait dans un verre à vin. Justin lisait dans un détail de travers l'approche des grandes catastrophes. Il but une gorgée de jus : trop sucré et trop glacé. Justin ne comprenait pas.

Une silhouette traversa le salon, puis une inconnue apparut sur la terrasse. Ce n'était pas Márcia, et pourtant si : tout chez elle la rappelait, en trop grand ou trop petit.

La nouvelle venue posa une assiette devant Justin, puis sortit une feuille de papier de la poche de son short blanc et la tendit sans le regarder.

C'était une note, signée de Márcia. Elle écrivait qu'elle ne se sentait pas bien, Xuxa, sa fille, la remplacerait. Quand Justin reposa la feuille, cette dernière était déjà repartie sans ouvrir la bouche.

Justin goûta la galette de tapioca, il lui sembla mâcher un pneu de bicyclette.

Xuxa revint avec la corbeille à pain, elle contenait des *torradas* trop grillées au lieu des *pães de queijo*.

— Márcia ne va pas bien ?

Elle fit une petite moue, puis disparut à nouveau. Justin attendit en vain la barquette de beurre et les petits pots de confiture. Il émietta une *torrada*, puis rapporta la corbeille, sa crêpe et son verre à peine entamés dans la cuisine. Xuxa récurait une poêle et le regarda avec indifférence. Il prit une pomme dans le filet à fruits et y croqua, appuyé contre la porte du réfrigérateur.

Xuxa portait un teeshirt blanc comme son short, des bracelets multicolores en tissu à ses deux poignets et des *chinelos* verts. Un collier de perles bleu clair se balançait autour de son cou au rythme qu'elle frottait le fond de la poêle. Ses jambes et ses bras étaient longs et maigres, elle le dépassait d'une demi-tête. Un nez pointu et un menton proéminent saillaient de son profil. Elle tourna vers lui une grande bouche aux lèvres minces et des yeux ronds exaspérés.

—*O senhor precisa de mais alguma coisa* [17]?

Elle avait utilisé la troisième personne de respect de la langue portugaise.

—Monsieur s'appelle Justin.

Elle haussa les épaules sans cesser de frotter.

—Tu vas faire des courses?

—Après la vaisselle.

Malgré l'agression, Justin s'était juré de ne pas changer ses habitudes et d'accompagner à nouveau, aujourd'hui, Márcia au marché.

—J'irai avec toi.

Sous la douche, Justin songea à Xuxa comme à un puzzle aux pièces encore trop disparates pour s'assembler.

---

[17] Monsieur a besoin d'autre chose?

Il imagina comment, dans deux ou trois ans, les pièces s'imbriqueraient et elle deviendrait aussi ou plus séduisante que sa mère.

Quand il retourna dans la cuisine, elle était vide. Il parcourut l'appartement et appela son prénom pour le plaisir de l'entendre. En français ou en anglais, il aurait été affreux. Au Brésil, le X était doux à l'oreille. Il chuintait, Xuxa se prononçait presque « chouchou ».

Sans réponse, il ouvrit le débarras du vestibule, le panier à provisions n'y était pas. Justin prit ses clés d'un geste agacé. Sur le trottoir de l'*avenida* Atlântica, il ne vit pas Xuxa. Il n'était pas certain qu'elle avait pris la direction du marché de la *praça* dos *Paraíbas*. Peut-être ferait-elle ses achats dans les supermarchés de l'*avenida* Nossa Senhora de Copacabana. Son estomac vide ajoutait à sa mauvaise humeur, il renonça à la poursuivre. Il remonta à la *cobertura* chercher son téléphone cellulaire, puis ressortit.

De l'autre côté de l'*avenida* Nossa Senhora de Copacabana, il s'assit sur un des tabourets ronds scellés dans le sol en ciment de la *lanchonete* Tocantins. Justin était parvenu aux limites de son univers. Face au comptoir ouvert sur le trottoir, la *rua* Saint Roman partait à l'assaut de la *favela do Pavão*.

Le patron l'accueillit avec le sourire, il avait le visage en lune et les yeux effilés des *caboclos*.

—Un jus de *maracuja* sans trop de sucre et un *bolinho de bacalhau, por favor.*

Justin tira de sa poche de bermuda son téléphone cellulaire. Il s'arrêtait souvent à la *lanchonete* au retour du lycée Molière pour un jus de fruits et filmait ou photographiait au zoom le trafic entrant et sortant de la *favela*. Il avait accumulé les portraits, presque en gros plan, de plus de cent cinquante de ses habitants, dont Pedrinho et le patron de la *lanchonete*, d'autres qu'il croisait dans le quartier, caissiers dans les supermarchés, livreurs, marchands ambulants, portiers d'immeubles.

La *favela* fascinait Justin jusque par son nom. Elle le tirait des paons, qui s'ébattaient dans le parc d'un domaine voisin à l'époque de sa création. Qu'un symbole de beauté et vanité serve à baptiser une incarnation de la misère avait d'abord frappé Justin comme une cruauté. Il n'imaginait pas, désormais, nom plus approprié.

Le terrain de la *favela* appartenait à l'État de Rio de Janeiro, ses habitants pouvaient à tout moment être expulsés au nom de la loi et elle rasée sans recours. Pourtant, la spéculation immobilière battait son plein, les propriétaires louaient des chambres, élevaient des étages entiers pour empocher des loyers qui donnaient crédit à leurs rêves de rentiers. Les maisons se vendaient parfois très cher.

La vigueur de la *favela* ignorait le bien et le mal. Elle avait ses bars, ses épiceries, une flopée d'artisans, de tailleurs, de laveuses à domicile, au moins un comptable, mais le trafic d'armes et de drogues restait le moteur principal de son économie.

Justin n'avait jamais visité la *lanchonete* en matinée. Sa pêche fut bonne et enrichit sa galerie de quinze portraits. Après un salut au patron, il suivit l'*avenida* Nossa Senhora de Copacabana vers le nord. Quand il s'aperçut que ses pas le guidaient vers le supermarché *Pão de Açúcar* dans l'espoir d'y croiser Xuxa, il tourna à gauche dans les rues presque villageoises du quartier.

Il retrouva la fille de Márcia où il ne l'attendait pas, devant une minuscule boutique sans devanture, creusée dans la façade d'un immeuble résidentiel. Elle tenait du bazar, de l'herboristerie, du magasin de sorcellerie et de bondieuseries. Des breloques, des miroirs, des peignes, des sachets de plantes séchées, des bougies, des coquillages, des statuettes de saints, de vierges et de christ à la peau noire, une masse d'objets inconnus de Justin s'entassaient sans logique apparente sur ses rayons.

Xuxa examinait du bout des doigts un lot de bracelets porte-bonheur comme elle en portait déjà aux poignets, sous les yeux délavés du propriétaire tapi au fond de son réduit. Il avait la peau couverte de taches de vieillesse et une face de batracien aux bajoues tombantes qui écœurait Justin.

Elle repartit sans rien acheter.

Justin déambula un peu plus dans les rues, puis remonta à l'appartement. Il entra dans la cuisine alors qu'elle remplissait le réfrigérateur.

— Pourquoi es-tu sortie sans me prévenir ?

Elle haussa les épaules. Justin quitta la pièce avant le retour de sa mauvaise humeur et s'installa avec son ordinateur sous l'auvent de la terrasse. Il y connecta son téléphone cellulaire et mit à jour sa galerie de portraits, puis apporta quelques retouches à son modèle de *favela* virtuelle en trois dimensions, esquissée à partir de ses vidéos et de photos trouvées sur Internet.

À midi, il déjeuna dans une *lanchonete* de cuisine du *Ceará*, entouré d'immigrants du Nordeste, et se demanda comment amadouer Xuxa.

À son retour, elle astiquait la grande table du salon.

— Quel âge as-tu ?

— Pourquoi ?

Il haussa les épaules : « C'est un secret ? »

— Ma mère ne l'a pas dit au *senhor* ?

— Non.

— Alors, le *senhor* n'a pas à le savoir.

Elle crachait ses *senhor* comme un venin.

Justin l'interrogea sur ses frères et sœurs si elle en avait, son école, ses envies, ses goûts, sans érafler son mépris. Xuxa astiquait et se taisait. Son portugais défait par la colère, Justin passa à l'anglais.

— Je cherche un cadeau pour ma sœur. Tu m'accompagnes pour le choisir ?

Cette fois, elle leva la tête et ouvrit la bouche : « *Não falo inglês*[18]. »

---

[18] Je ne parle pas anglais.

Justin continua dans la langue de sa mère : « Mais tu le comprends. »

Elle se déplaça dans le vestibule. Justin la suivit sans plus d'idée que la provoquer : « C'est toi qui a rendu ta mère malade ? »

— *Não entendo* [19].

Xuxa lui fermait au nez la barrière des langues pour le pousser à bout.

— J'ai rendez-vous avec des amis à la plage. Je t'emmène.

Le ton de Justin évoquait moins une invitation qu'un ordre. Xuxa se retourna et brandit son chiffon sous son nez : « *Eu sou paga como faxineira, não como babá ou acompanhante* [20]. »

Justin ricana.

— Alors, nettoie et amuse-toi bien.

Xuxa sortit l'aspirateur du placard et le mit en marche.

En route vers la *praia* do *Arpoador*, Justin retrouva son calme. Elle l'avait traité en *gringo* et maître de maison, mais il n'était rien d'autre pour elle. Il imagina sa propre humiliation à servir de domestique pour une fille de son âge. Lui aussi aurait rejeté ses questions. À sa manière, elle avait vu juste. Justin cherchait bien une nounou et une escorte : pour l'introduire dans la *favela do Pavão*, et rien d'autre.

---

[19] Je ne comprends pas
[20] Je suis payée pour faire le ménage, pas la nounou, ou l'escorte.

Il arriva sur la plage. Une dizaine de surfeurs attendaient dans l'eau la bonne vague. Il s'assit loin du bord, à l'ombre d'un palmier, sans retirer son teeshirt.

Il repéra João, le seul surfeur à affronter l'océan sans combinaison, et Edson, dont la tenue orange et noire éblouissait plus le regard que ses prouesses. Hors de l'eau, Edson était un surfeur sans égal. La planche sous le bras, sur le sable, il avait la tête, la démarche et le sourire de l'emploi. Face aux vagues, il était aussi démuni qu'au tableau noir, comme un acteur sans doublure pour effectuer ses cascades. Justin l'observa avec une compassion amusée.

Depuis son arrivée, Justin s'était baigné une seule fois dans l'océan. La mer glacée après la plage brûlante lui avait coupé le souffle. Alors qu'il s'avançait sur la pointe des pieds, une vague l'avait arraché au sol, renversé, secoué, puis abandonné à quatre pattes, presque noyé dans cinquante centimètres d'eau. Chaque lundi, la mer rendait les cadavres de la fin de semaine. Deux fois, Justin avait vu un attroupement au bord de l'eau, il ne s'était pas approché.

À l'ombre de son palmier, Justin songea moins au sale caractère de Xuxa qu'à l'absence de Márcia. Il y a une semaine, il étaient attaqués. Aujourd'hui, Márcia tombait malade. C'était peut-être la suite annoncée de l'agression : une disparition plus qu'une indisposition.

Après une ultime culbute, Edson regagna la terre ferme. Sa route frôla sans hasard trois filles allongées sur le sable. Il s'accroupit pour leur glisser un mot et s'égoutter sur leurs dos. Elles semblèrent subjuguées et restèrent pendues à ses lèvres. Libéré des vagues et de son incompétence, il redevenait une vedette.

Il se releva, Justin lui fit signe de la main. Un sourire éclaira le visage d'Edson. Il remonta la plage et s'écroula sur le sable à côté de lui.

— Tu rates quelque chose. Les vagues sont fantastiques.

— Elles t'ont mis une raclée.

— Le surf est l'art de la chute. Mais je suis à deux doigts de les mater. Bientôt, je marcherai sur les eaux et tu seras l'ami d'une légende.

Edson était aussi sincère dans son amour de lui-même que son autodérision.

Un soir après les cours, il avait invité Justin chez lui, une vaste et superbe maison du quartier de Gávea. Justin avait rencontré ses deux sœurs, de trois et quatre ans. Sa mère était passée en coup de vent, jeune, avec une poitrine qui rappelait Iara Campos, mais sans besoin de talons aiguilles pour rallonger sa silhouette.

Ils s'étaient assis sur des chaises longues au bord de la piscine, sous des jacarandas. Le coucher de soleil éclairait en rose le dos pour une fois sans nuages du Christ Rédempteur. Comme d'habitude, Edson s'était mis à parler, mais d'une autre manière.

— Ma mère est ma belle-mère, mes sœurs mes demi-sœurs. Ma vraie mère est française, elle a rencontré mon père à Rio. Elle avait dix-huit ans, lui à peine dix-sept. Il était serveur dans une *lanchonete*, elle s'appelait « 21 », c'était le nombre de sièges. Elle existe encore, maintenant elle lui appartient, je t'y emmènerai. Ma mère est rentrée à Paris avec mon père dans ses bagages. La famille de ma mère possédait une boulangerie industrielle, il y a travaillé. Quand mes parents sont revenus à Rio, ils ont ouvert un premier Tip Top Fast, avec l'argent du père de ma mère. Ce fut le début de dix ans de vache enragée. Mes futurs parents n'arrivaient à faire ni de l'argent, ni des enfants. Enfin, j'apparus. Tout alla soudain mieux. Même le restaurant fit des profits. Pour mon premier anniversaire, un deuxième vit le jour. Ma mère aurait préféré un second enfant, mais tomba en dépression. C'était convenable à dire, mais faux. En réalité, elle perdait la raison. J'avais trois ans quand elle a été envoyée en France soigner sa folie. Je suis resté avec mon père, elle n'est jamais revenue. Je la vois pendant les vacances, dans sa clinique du sud de la France. Tip Top Fast a fait la fortune de mon père et du père de ma mère. Il possédait la moitié de la société, il m'a légué ses parts. Mon père les gère jusqu'à mes dix-huit ans. Alors sonnera l'heure du drame familial.

Edson avait ponctué sa dernière phrase d'un éclat de rire, car il la savait vraie.

Justin avait regardé sa montre :

— Mon père m'attend.

Pourtant, il ne s'était pas levé. Justin considérait

João comme son ami sans être sûr que la réciproque était vraie ; à l'opposé, certain d'être pour Edson un ami, mais parmi 328, il hésitait à lui accorder un titre dont il était avare.

La confidence d'Edson venait de lui prouver son injustice, Justin s'était mis à parler, sans préavis. Il avait débuté son récit le jour où son grand-père s'était effondré à ses pieds dans le jardin de sa maison de Charlevoix. Sans en avoir conscience, il l'avait scandé presque sur le même rythme qu'Edson le sien.

— Mon grand-père a quitté l'hôpital fin août. Mon père et moi étions là. Nous l'avons ramené chez lui, c'était un vendredi. Une infirmière nous attendait. Mon grand-père restait en partie paralysé du côté droit. Nous avons passé la fin de semaine avec lui. Le dimanche en fin d'après-midi, nous avons repris la route pour Gatineau. C'est un long trajet, le temps était épouvantable, une pluie très forte, avec des rafales de vent : un ouragan était remonté des Caraïbes pour mourir au Québec. La nuit est tombée. Les phares y pénétraient à peine. Je me rappelle que nous avons dépassé Montréal, puis plus rien.

Je me suis réveillé sanglé sur un lit d'hôpital. Ma mère était là. Nous avions eu un accident, mon père était indemne. Les médecins m'avaient maintenu huit jours dans le coma, le temps de me rafistoler en paix. J'avais le dos et le bras droit en morceaux, ils les avaient reconstitués. Six semaines plus tard, je quittais à mon tour l'hôpital. Mon grand-père m'accueillit dans Charle-voix. Comme éclopés, nous faisions la paire. Mon bras droit me jouait encore des tours, le sien aussi. Nous avons passé l'hiver à les mater ensemble.

Edson n'avait pas posé de questions, elles étaient inutiles ; il n'avait plus à solliciter la confiance de Justin, il la possédait. Justin avait à nouveau dit : « Mon père m'attend » puis, cette fois, s'était levé.

Un marchand de glaces arrêta son triporteur derrière Edson et Justin. Ils achetèrent deux *picolés* au tamarin et les sucèrent sans leur laisser une chance de fondre.

— Ce matin, Márcia était malade. Sa fille, Xuxa, la remplaçait.

— Tu ne m'avais pas dit qu'elle en avait une.

— Je ne le savais pas.

— Quel âge ?

— À vue de nez, comme nous.

— Le nouveau modèle a les charmes de l'original, veinard ?

— Pas pour l'instant. Et assez nulle en cuisine pour faire la joie de Tip Top Fast.

— Tu fais cette tête à cause de ce que tu as sur l'estomac ?

Justin ramassa une poignée de sable et la laissa couler entre ses doigts.

— Je ne comprends pas pourquoi Márcia m'a caché qu'elle avait une fille.

— Tu parles de ton grand-père à tout le monde ?

— Non, mais c'est différent et il y autre chose.

— Quoi ?

Justin fit la moue :

— Quelque chose de pas très glorieux.

— Je ne me cache pas pour surfer sous les vagues, alors ne joue pas les timides.

Justin raconta l'*assalto* et ses doutes.

— Tu crains que vos deux agresseurs soient derrière la « maladie » de Márcia ?

Il fit signe que oui.

— Tu as reconnu l'écriture de Márcia sur le mot ?

— Je n'ai vu son écriture que sur des listes d'épicerie.

— Elle savait que ton père partait à Brasília ?

— Bien sûr.

Edson regarda Justin avec un sourire amusé.

— Ça sent le brûlé, mais pas où tu penses. Márcia aura voulu te laisser seul avec sa fille dans l'appartement avec l'espoir que tu commettes une bêtise. Si tu manques d'initiative, Xuxa y remédiera. Qui ne rêverait d'un séduisant gendre canadien promis à un bel avenir ?

Justin haussa les épaules.

— Elle ne me plaît même pas.

— Ce sont les plus dangereuses.

— Elle me traite comme une serpillière.

— Tu l'as déjà dans la peau : tu as mauvaise mine et rien que son nom à la bouche.

Justin imita le ton sarcastique d'Edson.

— Donc, je ferais mieux de m'inquiéter de mon sort que de la santé de Márcia ?

— Márcia a un téléphone cellulaire ? Appelle-la et prends de ses nouvelles. C'est simple, la vie.

Justin se sentit stupide. Il fouilla ses poches sans résultat : la leçon 4 de son père n'était pas devenue sa première, mais, sauf besoin impérieux, il interdisait qu'il emporte son téléphone à la plage. Edson le regardait avec malice

— Pour te changer les idées, tu préfères un autre *picolé* ou une petite histoire à moi ?

Justin choisit l'histoire.

— Un samedi, deux gamins m'attendaient au coin de la rue, à la sortie de la maison. Ils m'ont racketté. Le samedi suivant, ils ont recommencé, puis, tous les samedis, pendant un an. Mon argent de poche y passait, mais j'avais trop peur pour parler et je les remerciais presque de ne pas me taper. Puis, un samedi, le chauffeur de mon père les a repérés et je ne les ai jamais revus.

— Tu lui verses depuis ton argent de poche ?

— Même pas. Et il n'a rien dit à personne. Tout le monde a une histoire de ce genre, il n'y pas de honte à avoir.

João les rejoignit alors qu'ils riaient. De gros nuages noirs l'avaient chassé de l'eau. Malgré lui, il ne put cacher sa curiosité.

— J'ai le droit de participer ?

Edson interrogea Justin du regard. Il acquiesça et Edson raconta à João leurs mésaventures. À la fin, João n'éclata pas de rire, mais sourit.

— Moi, c'était à Paris, sur les Champs-Élysées, il y a deux ans. J'avais emprunté sans lui dire une casquette d'officier de mon père, trois filles m'ont coincé contre un mur, elles la voulaient. Elles étaient armées de limes à ongles et d'épingles à cheveux. Un policier m'a sauvé.

Edson regarda le ciel, une autre catastrophe se préparait à leur tomber sur la tête.

Ils levèrent le camp et prirent la première goutte de vitesse. Le déluge s'abattit alors qu'ils venaient d'entrer au Tip Top Fast de la *rua* Joaquim Nabuco.

La photo dédicacée du prince William trônait au-dessus du comptoir, entre le slogan «Ça c'est Paris» et un dessin d'artiste du sandwich Élysée, au salami hongrois et à la mozzarella.

— J'ai commandé dix copies, au format affiche, pour tapisser les murs. Mon père en réclame pour tous les points de vente, mais son avocat craint un appel de Buckingham Palace.

Le restaurant possédait une mezzanine. Edson l'avait baptisée *lounge*. Ils y grimpèrent. Des fauteuils profonds en tissu noir et des guéridons aux plateaux de verre fumé remplaçaient le tout venant plastique du rez-de-chaussée, un service à la table était disponible, seule la carte ne changeait pas, à l'exception des prix. La *lounge* était déserte, une table leur était réservée à demeure, contre la balustrade qui dominait le rez-de-chaussée.

C'était le seul Tip Top Fast de Copacabana. Son père l'avait offert à Edson pour son treizième anniversaire. Un directeur assurait la gestion courante, mais Edson possédait le monopole des innovations. Sous sa houlette visionnaire, le directeur perdait ses derniers cheveux en même temps que le restaurant – le seul de toute la chaîne – perdait de l'argent.

La salle du rez-de-chaussée était bondée. Quatre écrans plats géants diffusaient, selon eux en haute définition, un menu de clips vidéo et de défilés de mode, et, en soirée, de *futebol*. Les caissières étaient si séduisantes sous leurs canotiers que les clients les préféraient parfois aux profiteroles *Julieta e Catherine* et repartaient avec. Une connexion Wi-Fi mettait l'Univers à portée de clic. Une jeunesse aux poches pleines restait des heures à consommer un *cafezinho*, ce qui payait à peine l'abonnement du restaurant au câble.

Dans leur dos, deux employés à béret mettaient la dernière main à la plus récente idée d'Edson : un espace galerie, et accrochaient des tableaux aux murs. Justin se leva pour les observer. C'étaient des assemblages géométriques de maisonnettes multicolores, parfois saisies de très loin, comme un panorama fabriqué sur fond de vrais rochers et forêt, parfois détaillées jusqu'à des gros plans de portes, de fenêtres, et toujours vides d'habitants. Toutes les toiles étaient signées d'un beta grec et d'un o, suivis d'un tiret et d'un numéro à trois chiffres, jamais le même. De certaines vues émanait un parfum de déjà-vu. Justin retourna à la table du triumvirat, comme l'avait rebaptisée João, qui avait suivi les cours d'initiation au latin du lycée. Il interrogea Edson.

—Tu sais ce que représentent les tableaux?

—Non. Il faudra le demander à Manuel, il sera là ce soir. C'est lui qui me les a apportés, ils seraient de son grand-père.

Manuel avait à peine vingt ans, il rêvait d'une carrière de culturiste professionnel et en possédait la carrure. Justin avait un soir fixé son image dans sa galerie de portraits, alors qu'il descendait en ville de la *favela do Pavão*, et l'avait retrouvé, en maillot rayé et canotier, gardien à l'entrée du Tip Top Fast.

Leurs Coca-Napoléon arrivèrent dans de vrais verres, avec un zeste de citron.

—Justin, tu as choisi une date pour ta démonstration à mon chef?

—Quelle démonstration?

—De la recette de la tarte au sucre que tu nous as préparée à la *cobertura*. Je veux la mettre au menu: *a torta do Justin*. Après la gastronomie de la vieille France, la cuisine fine de la nouvelle.

Justin jeta un coup d'œil sceptique à son ami.

—Sérieux?

—Si vous avez de meilleures idées pour doper les ventes et impressionner mon père, ne vous privez pas.

João et Justin échangèrent un sourire.

— On te l'a dit cent fois.

— Sers de la nourriture qui se mange.

— Et se digère.

La pluie faiblit, Justin se leva.

— Il faut que j'y aille.

Edson sourit.

— Xuxa t'attend ?

João interrogea Justin du regard.

— Edson t'expliquera.

Dehors, les gouttes ne tombaient plus qu'une à la fois. Justin retourna à la boutique où il avait vu Xuxa. La caverne mystérieuse était toujours ouverte et éclairée par une barre au néon. Le vieux batracien veillait au fond de son fouillis, impeccable en costume et cravate noirs et chemise blanche. Justin observa son bric-à-brac du trottoir.

— Approchez, jeune homme, mon dentier ne mord pas.

Justin sursauta : son occupant avait parlé français, sans accent. Il avança jusqu'au seuil de la boutique.

— Comment savez-vous que je parle français ?

— Beaucoup de monde vous connaît dans le quartier et je connais beaucoup de monde.

L'homme souriait, Justin regretta d'être venu.

— Que savez-vous d'autre ?

— Vous êtes peu discret quand vous surveillez ma boutique ou une de mes jeunes visiteuses.

Le malaise de Justin s'accentua.

— Je ne la surveillais pas.

— Vous l'observiez.

— Vous la connaissez ?

— Pourquoi vous le dirais-je ? Que puis-je pour vous ?

— Je pensais acheter un collier. Comme celui-ci.

Justin désigna un collier de perles roses.

— Savez-vous ce que c'est ?

Justin secoua la tête.

— Souhaitez-vous le savoir ?

Vu de près, le vieil homme lui faisait moins peur. La curiosité de Justin l'emporta sur ses appréhensions.

— Je crois.

Le boutiquier décrocha le collier et le tendit à Justin.

— C'est le collier de Iemanjá, la déesse de la mer. Le rose et le bleu clair sont ses couleurs. Elle aime les miroirs et les peignes, pour soigner sa longue chevelure. Iemanjá est un *orixá*, comme Oxalá, Oxum, Oxossi, d'autres encore. Les *orixás* viennent d'Afrique, les esclaves les ont apportés au Brésil, ils sont les intermédiaires entre Olorun, le dieu créateur, l'être suprême du *candomblé*, leur religion, et les hommes. Chaque mortel appartient à un *orixá*.

— Il faut appartenir à Iemanjá pour porter un collier de perles bleues ou roses ?

Les yeux larmoyants du boutiquier sourirent à leur tour.

— Certaines de mes visiteuses ignorent tout des *orixás*, elles sont juste coquettes.

Justin indiqua une rangée de statuettes qu'il avait prises pour des saints à la peau noire.

— Ce sont les *orixás* ?

— Oui et non. Pour les vénérer sans être persécutés, les esclaves les ont camouflés sous des habits catholiques.

— Quel déguisement a pris Iemanjá ?

— Elle est devenue la Vierge Marie.

Justin demanda le prix du collier. Il avait sur lui l'argent pour le payer, mais prétendit le contraire. Il cherchait un prétexte pour revenir.

— Emportez-le ce soir, je vous fais confiance. Les cadeaux n'attendent pas.

Un courriel de sa mère avait rappelé à Justin l'anniversaire de sa sœur, trois semaines plus tard. Il lui offrirait le collier, à moins qu'il le donne à Xuxa, pour des raisons sans rapport avec ce que prétendrait Edson.

— Où avez-vous appris le français ?

— Il y a très longtemps, à São Paulo. J'étais l'étudiant d'un maître français, qui effectuait des recherches sur le *candomblé*. Je lui ai servi d'assistant et de traducteur, je l'ai guidé parmi les membres de la religion et dans les *terreiros* où elle était célébrée.

Le vieillard sortit une carte de visite de sa veste et la remit à Justin. Y figuraient à peine un titre et un nom : « Dr. Joaquim Monteiro ».

— Je suis ici tous les jours. À moins d'un appel en consultation.

Justin retourna à la *cobertura* intrigué et excité. L'appartement était plongé dans le noir et Xuxa partie. Un mot sur la table de la cuisine lui indiqua qu'il trouverait au réfrigérateur des tomates et du thon en boîte.

Il appela le numéro de Márcia et fut transféré à sa messagerie. Il coupa la communication sans un mot.

• • •

João et Justin rentraient ce soir-là en métro du lycée Molière. La rame démarra, João se tourna vers Justin ; ses oreilles trop grandes encadraient son visage comme dans un mauvais collage.

— Edson m'a dit que tu avais passé huit jours dans le coma.

— Il t'a raconté comment ?

— Non.

Justin fut presque heureux de l'indiscrétion d'Edson : elle lui forçait la main, il répugnait autant à raconter son accident qu'à le cacher à João après l'avoir révélé à Edson. Il répéta son récit, le plus possible avec les mêmes mots.

João se tourna vers Justin.

— Tu as des souvenirs du coma ?

Après son réveil, des images lumineuses de rêves bizarres et sereins, peuplés de figures inconnues qui parlaient une langue qu'il ne comprenait pas, étaient peu à peu remontées à la surface de sa mémoire. Il les avait attribués aux drogues, qui l'avaient maintenu endormi, et gardés pour lui.

Une petite croix en argent pendait au cou de João, à côté de la médaille de son saint. Justin mentit.

—Non. Juste du noir.

Son ami aurait vu dans ses rêves l'antichambre de l'au-delà.

La rame entra dans la station Cantagalo. Ils descendirent. Au bout de longs couloirs à l'éclairage blafard d'hôpital, Justin retrouva comme une délivrance le tohu-bohu de la surface.

Ils marchèrent vers le fort de Copacabana. João se taisait, perdu dans des pensées que Justin aurait à son tour aimé partager. Quand ils atteignirent l'entrée, João cessa de fixer le trottoir.

—C'est à cause de ton accident que tu es venu au Brésil ?

Justin sursauta. La question ne lui avait jamais été posée et il n'y avait jamais pensé. L'évidence de la réponse lui apparut si aveuglante qu'il mentit à nouveau : « Je ne sais pas. »

João salua le planton de garde et ils pénétrèrent dans l'enceinte. La nuit finissait de tomber, le fort fermait.

Justin suivit João sur une allée asphaltée, soudain coude à coude avec l'océan. Copacabana semait ses lumières jusqu'au *morro* de Leme, à l'autre bout de la plage.

—Ça te plaît?

Justin acquiesça. C'était le meilleur de la ville et de la mer. La Marine avait planté ses forts sur les plus beaux sites de Rio. Ils dépassèrent un salon de thé où les serveurs rangeaient les tables.

—Mon père avait choisi la Marine pour mener une carrière militaire. À Paris, il est devenu diplomate. Ici, il se voit directeur de parc d'attraction : un vrai fort et de vrais marins, sans rien à défendre que l'agrément des visiteurs.

Justin ne dit rien, le Brésil avait eu son lot de dictatures militaires avant leur naissance.

Ils atteignirent, presque au bout du promontoire, une porte en béton à demi enterrée.

—C'est l'entrée du premier fort. Il date de 1917.

Le fort d'origine était enfoui sous une chape de béton. Justin parcourut derrière João ses couloirs étroits comme des tranchées, visita les anciens dortoirs, le bureau et la chambre du commandant. Les corridors convergeaient à des ronds points, où trônaient, au lieu de fontaines, des canons, le fût pointé vers le ciel à travers une meurtrière.

João et Justin ressortirent à l'air libre et grimpèrent une échelle en fer. Ils se trouvèrent sur la chape de béton, dans la nuit maintenant noire, tout au bout de la pointe.

Une brise tiède caressa le visage de Justin, il avançait derrière João, le bruit des vagues les attirait comme un chant de sirène. Les silhouettes un peu plus claires des fûts de canons sortirent de l'obscurité. João s'assit contre le dernier avant les rochers et la mer. Justin le rejoignit.

—C'est mon poste de garde. J'y apporte mon baladeur et mes devoirs.

— Pas terrible pour l'éclairage.

— Attends que la lune se lève.

— Connexion Wi-Fi?

— La meilleure du Brésil, sécurité nationale oblige.

— Edson est déjà venu?

— Non.

Un cargo disparut derrière le promontoire de Leme. João et Justin se relevèrent. Au lieu de descendre vers le chemin de ronde au bord de l'eau, ils restèrent sur la crête du cap. Ils passèrent devant les nouveaux bâtiments du fort et continuèrent jusqu'à une place, proche de l'entrée, où flottaient les drapeaux du Brésil et du régiment, face à un bungalow blanc et coquet.

Justin y entra derrière João. Un couloir les conduisit à une chambre grande et austère, meublée d'un bureau, une chaise, une commode et un lit surmonté d'étagères. Les murs étaient blancs, décorés d'affiches d'abbayes françaises: Royaumont, Fontevraud, Noirlac, Vézelay. Justin les pointa du doigt.

— Tes prochaines casernes?

— Non, les retraites préférées de ma mère. L'été, elle faisait la tournée des festivals de musique classique, je suivais avec les valises.

Sur les étagères, la plupart des livres étaient en portugais, leurs titres ne disaient rien à Justin.

João sortit d'un tiroir de la commode un étui en cuir marron et l'ouvrit sur une paire de jumelles.

— Modèle officiel de la Marine brésilienne, mais optique allemande.

Il les prit dans ses mains et expliqua à Justin les rudiments de leur utilisation. João sourit sans méchanceté.

— Le reste, même Edson le comprendrait sans aide.

Il replaça les jumelles dans l'étui et le tendit à Justin.

— Merci. Je te promets de ne pas espionner des femmes dans leurs salles de bain.

— Je te fais confiance pour bien les utiliser. Garde-les tant que tu veux.

— J'en prendrai soin.

Sur la dernière rangée d'étagères, les livres étaient en français. Des classiques, puis une série de beaux albums sur les Templiers, les chevaliers de Rhodes et Jérusalem. Avec *monginho*, Edson avait visé juste, au moins à moitié : moine, mais aussi combattant.

João raccompagna Justin à la guérite d'entrée. Avant de le quitter, il lui donna un carton d'accès permanent au fort.

— Maintenant, tu seras un peu chez toi.

Justin s'engagea sur la mosaïque de Copacabana. Il avait enfermé les jumelles dans son sac à dos et le serrait sur son ventre contre toute surprise. Il se hâta vers l'*edifício* San Marco, il voulait arriver avant le départ de Xuxa.

Le matin, au petit-déjeuner, Justin avait à nouveau trouvé une table sans nappe, un mauvais jus dans le mauvais verre, puis une galette sans *Romeu e Julieta* et des *torradas* trop calcinées pour en accuser la mégarde.

Privé une seconde fois du premier plaisir de sa journée, Justin s'était retenu de courir en cuisine dire ses quatre vérités à la fille de Márcia. D'accord avec les leçons de diplomatie de son grand-père, il avait plutôt regagné sa chambre et, aidé du dictionnaire, mis sa pensée par écrit, en portugais. Satisfait d'avoir trouvé les mots pour le dire, il avait placé sa note sous l'assiette de sa crêpe non entamée :

— *Menina Xuxa,*

Por favor, diga-me : em seu nome,

X é sem dúvida de xenofobia, mas

U é de úlcera, urticária ou urtiga ?

X, desta vez, é com certeza de xingar mas

A é de ácida, amarga ou antipática ?

Atenciosamente,

Justin Deslauriers [21]

Justin était parti pour le collège content de lui. Au fil des cours, il s'était senti moins malin, puis stupide : pour ses projets, il avait besoin de gagner Xuxa à sa cause, pas de se l'aliéner.

---

[21] Mademoiselle Xuxa,
S'il vous plaît, dites-moi : dans votre nom,
c'est sans aucune doute le *X* de xénophobie, mais est-ce le *U* d'ulcère, urticaire, ou ortie ?
C'est ensuite à l'évidence le *X* d'insulter, mais est-ce le *A* d'acide, amère ou antipathique ?
Salutations,
Justin Deslauriers

À son arrivée à la résidence, Xuxa était encore là, mais il ne put lui parler : Iara Campos l'attendait. C'était leur deuxième cours depuis qu'il l'avait surprise au sortir de la douche. Il fut aussi glacial que le précédent. Les *caríssimos* et autres mièvreries avaient disparu, au grand plaisir de Justin. Pour la leçon 12 du *O Português sem dor*, le Français crétin et ses parents à l'avenant assistèrent à un match de *futebol* au stade Maracana. Iara Campos s'enquit des passions footballistiques de Justin, il les résuma d'un haussement d'épaules. La partie et la leçon se terminèrent sans prolongation, ni temps addition- nel. Il la reconduisit à la porte, puis chercha Xuxa. Elle avait fini sa journée sans laisser un mot ni une réponse au sien. Justin refoula une exaspération qui aurait paru donner raison à Edson : deux jours plus tôt, il ignorait l'existence de Xuxa ; son projet pouvait se passer d'elle.

Il sortit retrouver sa sérénité sur la terrasse et bra- qua les jumelles de João sur la *favela do Pavão*. Leurs len- tilles étaient bien plus puissantes que le zoom de son téléphone cellulaire et leur image beaucoup plus nette. De nuit, le zoom transformait la *favela* en brouillard lumineux, les jumelles l'introduisaient, par les fenêtres ouvertes, dans l'intimité des maisons. Il voyageait sur des corps et des visages, butait contre un calendrier épinglé sur un mur, descendait une spirale de fumée jusqu'à une soupière sur une table. Entre les habitations, des lampadaires éclairaient les zigzags d'un escalier ou deux joueurs de dés sur un muret. Un rougeoiement intermittent devenait un brasero où un gamin cuisait des brochettes. De l'impunité de la nuit, Justin fouilla la *favela* de fond en comble, sans y trouver Xuxa, Márcia, son secret, ou leurs deux agresseurs, puis regarda sa montre : cinq minutes avant l'appel de son grand-père. Il replaça les jumelles dans leur étui et apporta comme chaque semaine le combiné sur la terrasse.

À vingt et une heures cinq, la sonnerie n'avait pas retenti. Son estomac se noua un peu et son imagination s'agita. À vingt et une heures treize, il composa l'indicatif de l'international, puis vérifia d'abord sur son ordinateur si son grand-père lui avait envoyé un courriel. Il trouva à peine un message de sa mère ; Michel Deslauriers avait eu un malaise dans l'après-midi. Mary-Ann Ryan n'offrait aucun commentaire. C'était inutile : elle ne l'aurait pas averti si elle n'avait jugé la nouvelle grave.

Inquiet, Justin gagna sa chambre. Il ouvrit le tiroir de sa table de nuit pour y ranger les jumelles de João. À la vue du maroquin en cuir bordeaux, il grimaça. Il avait oublié de l'enfermer dans le coffre. Il manquait de confiance dans l'efficacité de sa combinaison : 1201, le numéro de l'appartement ; le consul l'avait choisie pour ne pas l'oublier, la sécurité ne lui importait pas au point de la prendre au sérieux.

Justin alla dans le bureau de son père et ouvrit le coffre. Il y plaça par prudence les jumelles, puis tenta d'y introduire le maroquin. L'ouverture était trop étroite. Justin souleva la couverture en cuir pour y prendre l'écrin. À l'intérieur, il trouva juste l'enveloppe de la présidence brésilienne adressée à son grand-père. Son cœur battit plus fort et plus vite. Il n'avait pas porté les boutons de manchette depuis la réception au consulat britannique. Il pria de les avoir mis au coffre sans se le rappeler, ou que son père s'en soit chargé, ou de les avoir rangés ailleurs.

Il fouilla le coffre, puis tous les placards et les tiroirs, de sa chambre et l'appartement, même le bungalow, une fois, deux fois. En vain, mais sans noter d'autre disparition. Il envisagea le plus improbable : la perte des boutons dans le taxi du retour, ou même au consulat britannique, leur oubli aux poignets de sa chemise, puis leur départ au lavage avec elle. Il plongea la tête dans le tambour de la machine et la ressortit sans être avancé.

Pas besoin d'être grand détective pour comprendre l'évidence : les boutons de manchette avaient été volés par Xuxa. Justin hurla en anglais – c'était le domaine réservé de la langue de sa mère.

Comment prouver la culpabilité de Xuxa ? Comment récupérer les boutons ? Elle les avait peut-être déjà vendus, sans idée de leur valeur pour Justin et Michel Deslauriers. Il délira : elle ne reviendrait pas à l'appartement ; malgré le mot de Márcia et la ressemblance, elle n'était pas sa fille, ne s'appelait pas Xuxa, ne vivait pas à la *favela*...

Justin revint à sa chambre et en partie à ses esprits. Il ouvrit à nouveau le maroquin. L'écrin n'était pas de retour après une mauvaise plaisanterie. Il sortit de l'enveloppe cartonnée la lettre de José Sarney. Si Xuxa l'avait volée, elle aurait compris, ou un receleur aurait réalisé, que rendre contre rançon les boutons à leur propriétaire légitime serait la stratégie la plus payante.

Justin s'assit à son bureau devant la lettre en portugais. Il ne restait des boutons de manchette que leur histoire, qu'il connaissait par cœur.

Michel Deslauriers avait pris ses fonctions d'ambassadeur du Canada à Brasília en 1981. Le poste lui avait été offert par son parti comme consolation après sa défaite aux élections fédérales dans sa circonscription de Charlevoix. C'était son premier échec en politique, il n'y en aurait pas d'autres ; de son aveu même, il lui rapporterait plus que bien des victoires.

Depuis 1964, le Brésil était gouverné par l'armée. Après la répression sanglante des années 1960, le régime avait peu à peu relâché sa poigne. Au début des années 1980, l'opposition politique, moins combattue, s'organisait. Ses fonctions avaient amené Michel Deslauriers en contact avec ses chefs, d'abord Tancredo Neves. Des liens personnels s'étaient tissés entre les deux hommes.

Quand un mouvement pour l'élection du président de la République au suffrage universel avait vu le jour, l'ambassadeur du Canada l'avait soutenu en sous-main. Des millions de manifestants avaient défilé dans les rues du pays sans obtenir gain de cause. Le prochain président serait choisi par un collège électoral contrôlé par les militaires. L'opposition présenta toutefois un candidat, Tancredo Neves. Le 15 janvier 1985, contre toute attente, il fut élu. Comment? Même envers son petit-fils, Michel Deslauriers avait observé un devoir de réserve, mais son sourire en avait dit long. La gratitude de Tancredo Neves aussi. La lettre sous les yeux de Justin assurait Michel Deslauriers de la reconnaissance du peuple brésilien pour son rôle dans le retour de la démocratie. Tancredo Neves ne l'avait pourtant pas signée. Le 14 mars 1985, veille de son entrée en fonction, il avait été hospitalisé. Il mourut le 21 avril. Le vice-président élu, José Sarney, assuma la présidence et signa la lettre à Michel Deslauriers.

Justin remit le courrier dans son enveloppe, puis rangea le maroquin dans sa table de nuit. Alors qu'il sortait une pizza surgelée du four à micro-ondes, Pedrinho sonna à la porte. Le portier dans la lune n'avait pas faim mais sommeil, il gagna le réduit des domestiques. Justin mangea seul, puis se coucha à son tour.

Les boutons de manchette, Xuxa, Márcia, l'*assalto*, le grand coiffé en hérisson et le petit à grosse tête rebondissaient dans son esprit comme sur les parois d'une prison dont on ne s'échappait pas. Il s'endormit très tard. L'homme au masque le poursuivit à nouveau dans son sommeil. Le rêve s'allongea d'une scène: enfermé à la merci de son poursuivant, Justin lui tendait les mains; ses boutons de manchette brillaient à ses poignets; le masque blanc l'en délestait, puis lui passait des menottes.

Quand il se réveilla, la nuit avait mis un peu d'ordre dans ses idées. Il finit de les organiser sous la douche. Xuxa serait là ce matin, car son absence aurait constitué un aveu de culpabilité. Il lui expliquerait la disparition des boutons de manchette sans l'accuser et l'assurerait que, s'ils retrouvaient le chemin de sa table de nuit avant le soir, ce serait comme s'ils ne l'avaient jamais quittée.

Justin sortit sur la terrasse, pressé de lui parler. Il plissa par réflexe les yeux contre le soleil, mais le ciel était gris. Il se retourna vers la table du petit-déjeuner. La nappe bleue était de retour et son jus de *maracujá* avait retrouvé son verre fétiche. Il le goûta et le trouva bon. Justin se cala à sa place avec appréhension.

Márcia posa devant lui sa crêpe au tapioca et repartit avant qu'il pût demander des nouvelles de sa santé. Avec Márcia, *Romeu e Julieta* étaient de retour. Justin trouva malgré lui la crêpe succulente, puis son esprit échafauda une hypothèse qui donna aux bouchées suivantes un goût de cendre : Márcia et Xuxa avaient agi de mèche, et sans autres complices ; la fille remplaçait la mère, dérobait les boutons de manchette ; la mère revenait, innocente car absente lors du vol ; la fille échappait aux questions de Justin ; sans preuve, il était condamné à sourire et elles riaient de l'avoir dépouillé ni vu ni connu, dès que son père avait eu le dos tourné.

Márcia apporta les *pães de queijo*.

—Tu te sens mieux ?

Márcia parut gênée.

—Ce n'était rien. J'aurais dû venir, mais Xuxa a refusé.

Les soupçons de Justin grandirent un peu plus. Ce fut son troisième mauvais petit-déjeuner de suite, même s'il l'avala.

Au lycée français, Justin n'entendit rien des cours du matin. La mauvaise santé de Michel Deslauriers était une bonne excuse pour lui cacher le vol des boutons.

Justin ne parlerait pas non plus à son père. Trop naïf, il refuserait d'accuser Márcia et Xuxa sans preuve ou interrogerait Márcia et elle n'aurait qu'à jurer son innocence pour le convaincre. Peut-être même la disparition des boutons le réjouirait-il.

À l'heure des *esfihas* au pied de leur arbre fétiche du *largo do Machado*, Justin raconta à João et Edson ses déboires.

Edson s'excusa de la main.

—Tu avais sans doute raison. L'absence de Márcia était liée à votre agression, vos deux *assaltantes* ont envoyé Xuxa remplacer sa mère et commettre le vol, de son plein gré ou pas.

Justin haussa les épaules : c'était à peine une des hypothèses que son esprit débitait à la chaîne depuis le matin, sans qu'aucune le satisfasse.

João but une gorgée de jus d'ananas.

—Le portier, Pedrinho, a pu voler les boutons la nuit précédente.

— Je l'aurais entendu s'il était entré dans ma chambre. Et il n'aurait pas su où les trouver, il ne connaissait même pas leur existence.

— Quel est ton plan ?

— Prouver la culpabilité de Xuxa, seule ou avec Márcia, ou d'autres, et la forcer à rendre les boutons. Si elle les a déjà cédés, trouver à qui et les lui reprendre.

Edson se tourna vers Justin.

— Comment pouvons-nous t'aider ?

— À vous de me le dire.

— J'ai des idées.

João approuva.

— Moi aussi.

— Réfléchissez pendant la fin de semaine, puis nous fixerons un plan d'action.

Ils acquiescèrent. Justin se sentit chef de bande, cela lui plut.

Le soir, lorsqu'il rentra à l'appartement, le consul se balançait, en costume, dans un des deux hamacs de la terrasse.

— Tu ne t'es pas trop ennuyé de moi, Justin ?

Justin secoua la tête, puis s'assit dans le second, face à lui, aussi mal à l'aise que sur une planche de surf.

— Que me racontes-tu, *filho meu* ?

Justin fit la moue.

— Rien de spécial... Brasília ?

— Ennuyeux à mourir.

— Maman m'a écrit que grand-père avait eu un malaise.

— Les vieux crocodiles ont la vie dure comme le cuir.

. . .

Le samedi après-midi, Justin s'installa sur la terrasse avec les jumelles de João. Le spectacle de la *favela* était moins féérique de jour, mais plus instructif. Justin découvrit de nouvelles maisons, de nouveaux escaliers et passages, il débusqua chez eux trois membres de sa galerie de portraits. Plusieurs fois, il crut reconnaître des détails des toiles exposées dans la *lounge* du Tip Top Fast d'Edson. Justin prenait des notes et traçait des schémas dans un cahier ouvert sur la table pour mettre à jour son modèle de la *favela* sur son ordinateur. Il finit à nouveau ses recherches sans apercevoir Márcia, ni Xuxa, ni une maison aux couleurs de sa chambre.

François D. apparut sur la terrasse : « Allons-y, ou nous raterons le début de la séance. » Les fins de semaine de Justin restaient sous emprise paternelle.

Le film était français et vida la moitié de la salle du centre commercial *Botafogo Praia*. Ils dînèrent ensuite sur la terrasse du dernier étage. La vue sur le Pain de Sucre rachetait presque la séance.

— Ça t'a plu, Justin ?

— Pire qu'ennuyeux.

— Comme ma compagnie ?

Justin ne répondit pas. Le consul enchaîna les petites provinciales. Justin crut qu'il y puisait la force d'annoncer une mauvaise nouvelle et craignit pour la santé de son grand-père, mais, quand ils se levèrent pour partir, ils avaient à peine parlé sans rien se dire.

— Demain, nous irons ensemble au club.

— J'ai déjà rendez-vous avec Edson.

— Tu lui diras que le dictateur en chef a usé de son droit de préemption sur tes dimanches.

Le lendemain, ils louèrent des bicyclettes et descendirent vers Ipanema. À la traîne de son père, Justin adressait des regards de solidarité aux caniches en laisse. Ils atteignirent la *lagoa* Rodrigo de Freitas et parcoururent les six kilomètres de son tour complet, puis confièrent leurs engins au voiturier du *Clube dos caiçaras*. François D. en était membre, comme les consuls précédents, et jugeait de son devoir de rentabiliser l'investissement. Justin était forcé de l'admettre, le club était splendide, sur son île privée de la lagune. Il aligna des longueurs dans la piscine olympique déserte. Les pensées de ses boutons de manchette, de Xuxa et Márcia, rythmèrent sa nage dans le silence de l'eau. Il sortit du bassin pour leur échapper, et il avait faim.

Les Deslauriers déjeunèrent en chiens de faïence dans les jardins avec vue sur le Corcovado. Entre deux bouchées, ils se parlaient avec toujours plus de mal, même de tout et de rien. Justin avala une gorgée de Coca-Cola et vit dans son verre sa fin de semaine : à moitié vide plutôt qu'à moitié pleine. Il aurait pu se trouver, à quelques hectomètres de là, en compagnie d'Edson, au club du Flamengo, à discuter aussi de tout et de rien, mais avec plaisir.

Justin se demandait si son père s'ennuyait comme lui ou l'utilisait ainsi qu'un alibi pour échapper à des parties de golf ou bridge qui le rebutaient encore plus que la compagnie presque sans paroles de son fils.

Après un second tour, digestif, de la lagune, Justin obtint une permission de deux heures pour promouvoir la culture québécoise. Il pédala jusqu'au Tip Top Fast d'Edson et répéta trois fois la recette de la tarte au sucre devant le regard ahuri du chef toqué. Justin sortit des cuisines sans illusions sur l'avenir de la *torta* baptisée à son nom.

À la porte de l'établissement, Manuel avait entamé son service. Justin lui décrivit, en gestes et en paroles, les deux *rapazes* de sa mauvaise rencontre avec Márcia.

— Ils vous ont agressés?

— Non, ils voulaient juste parler à Márcia, mais je les ai trouvés très agressifs. J'avais envie de les envoyer promener, mais Márcia m'a demandé de me tenir tranquille.

Manuel hocha la tête, connaître par cœur la mauvaise graine de Copacabana était une exigence de son métier: «Je les ai déjà vus traîner dans le coin, mais je n'ai jamais eu de problèmes avec eux. Je vais me renseigner.»

La conversation bifurqua vers les tableaux exposés à l'étage du restaurant. Justin aima les réponses de Manuel à ses questions.

— Ce serait possible de rencontrer ton grand-père?

Manuel se tritura les biceps, l'air embarrassé : « Je lui en parlerai. »

Justin retourna à la résidence avec la résolution toute neuve de charmer son père. Il le trouva, comme de plus en plus souvent, occupé au bonheur de ne rien faire dans un des hamacs de la terrasse.

— Remue-toi. Je t'invite là où tu n'es jamais allé.

— Qu'en sais-tu ?

— Tu paries ?

— Quoi ?

— Tu m'avais promis des tableaux pour ma chambre.

— Un seul.

— Tu n'as pas tenu ta promesse.

— Rien ne ressemblait à rien, tu l'as reconnu toi-même.

— Les gages et les intérêts se sont tout de même accumulés. Disons un tableau de gage et une moitié de tableau d'intérêt. Ta dette s'élève à trois tableaux.

— C'est de l'extorsion.

— À peine de la suite dans ton idée.

— Et si tu perds ton pari ?

— Je repeins l'extérieur de ton bungalow.

— Deux couches ?

— Tu l'auras voulu.

Justin gagna son pari sans péril ni gloire : François D. avait la phobie des uniformes et le suivit à reculons au fort de Copacabana. Ses préventions faiblirent à peine devant la vue. Toutes les tables en terrasse du salon de

thé étaient occupées. Une se libéra par magie quand
Justin présenta le sésame en carton offert par João.

— Tu as vendu ton âme à l'armée brésilienne, Justin ?

— La Marine m'a enrôlé pour espionner la politique
canadienne dans l'Arctique.

— Le Brésil veut nous voler un bout de banquise ?

— Et ce qu'il y a dessous.

Justin commanda une tarte aux fruits de la passion,
le consul une petite provinciale.

— Pour soigner mon allergie aux képis.

Les tables autour d'eux parlaient avec l'accent
carioca, peuplées de civils d'un certain âge plus élégants
qu'eux, les hommes en blazers, les femmes à l'ombre de
chapeaux à larges bords. Le soleil se couchait déjà sur
l'autre versant de la pointe.

Une fanfare en uniformes blancs se présenta sur la
petite esplanade. Justin vit son père grimacer, mais, au
lieu d'une marche militaire, les musiciens attaquèrent
des standards de la *bossa nova*. François D. recommanda
une *caipirinha*, puis fredonna avec les tables voisines.
Justin chercha des yeux João, mais il n'était sans doute
pas rentré du centre de sports nautiques du Club naval,
à Charitas, sur le littoral nord, où il passait toutes ses
fins de semaine.

Un officier en chemisette d'une blancheur de première neige et pantalon bleu marine circulait parmi les
tables. Il avait un gabarit à jouer dur au hockey et les
oreilles décollées de João sous une casquette qui l'avait

peut-être échappé belle aux Champs-Élysées. Son visage à la peau plus sombre que son fils arborait la même expression douce. Durant une pause de la fanfare, le serveur auquel Justin avait présenté son sésame lui glissa un mot à l'oreille. L'officier marcha droit sur eux avec un large sourire et salua Justin d'un *abraço*.

— Je brûlais d'envie de te rencontrer, Justin. João ne parle que de toi.

Le commandant Valdir Souza Mello parlait un français mélodieux aux intonations très peu martiales. Il se retourna, la main tendue, vers François D.

— Enchanté, Monsieur le consul général du Canada. Surtout, bienvenue au père de Justin.

João se trompait, Valdir Souza Mello excellait en maître de cérémonie. Justin fut témoin de l'inconcevable : son père trinqua avec un galonné à la santé des armées brésilienne et canadienne. La fanfare se remit à jouer.

— Avez-vous un air favori ?

Le consul du Canada n'hésita pas : *Desafinado*.

— La *saudade* brésilienne vous a contaminé ?

— C'est une maladie de famille.

— Vous êtes musicien, je crois ?

— J'aime faire du bruit avec une guitare électrique.

— Je tapais très fort sur une batterie, il y a longtemps.

Le commandant Souza Mello prit congé.

— Les tâches paramilitaires sont exigeantes. C'est la rançon du succès.

Un maître d'hôtel galonné s'enquit de leurs derniers souhaits avant la fermeture. François D. désira une ultime petite provinciale. *Desafinado* conclut le concert. La mélancolie de l'air épousait les couleurs du crépuscule. Les tables commencèrent à se vider, des musiciens s'assirent sur le parapet au-dessus de la mer et allumèrent une cigarette.

François D. trouva dans sa *caipirinha* la résolution qui le fuyait la veille.

— Tu as vraiment tout oublié de l'accident ?

Les yeux sur l'horizon grenat, Justin avait l'esprit et le corps à des années-lumière d'un soir de tempête, quinze mois plus tôt, dans un autre hémisphère.

— Bien sûr. Sinon, pourquoi l'aurais-je prétendu ?

La main droite de François D. traça une arabesque dans la pénombre.

— Par exemple, éviter les questions sur ses circonstances et ma responsabilité.

Il y eut un long silence. Par chance, leur table était loin de tout lampadaire.

— Tu ne te rappelles pas notre arrêt au Marché Central de Montréal ?

— Non.

— Une bonne âme t'aura au moins rapporté les rumeurs. J'avais effectué des achats pour ta mère, dont une bouteille de cidre de glace. Elle s'est brisée dans l'accident, les pompiers ont noté une odeur d'alcool dans la voiture, des gens qui me voulaient du bien ont chuchoté que j'étais soûl, des amis à eux ont murmuré de source sûre que l'intervention de mon père m'avait sauvé d'un test d'alcoolémie.

Justin avait découvert les rumeurs sans aide, par hasard, parmi les articles en ligne sur la nomination du nouveau consul canadien à Rio. Il y avait aussi lu que son père aurait été poussé vers la porte de l'Agence canadienne de développement international et que son grand-père aurait comploté dans son dos pour l'envoyer se faire oublier au loin, à Rio.

— Je n'avais pas bu une goutte d'alcool. Tu me crois?

— Tu n'as pas à me le demander.

— Si.

Devant l'insistance de son père, Justin douta pour la première fois de sa parole.

— Je te crois.

— Tu es bien le seul.

Justin se leva contre les implications de la phrase, le consul le retint du bras à sa place.

— L'accident est entièrement ma faute. J'ai menti en prétendant le contraire. Un camion m'a bien ébloui, mais ce fut ma chance. Je m'endormais, il m'a réveillé. Sans lui, je fonçais droit dans le semi-remorque. Grâce à lui, j'ai braqué. À gauche, pour me protéger. Et te sacrifier. Tu as encaissé le choc de plein fouet.

Le clarinettiste de la fanfare reprit en solo *Desafinado*, debout face aux vagues.

Dans sa chambre, Justin interrogea son dictionnaire. Le mot signifiait «désaccordé».

Chapitre 4
Oxossi

La chambre d'hôpital sentait l'éther et une odeur fade de fin de vie. Justin était assis sur la seule chaise de la pièce, devant un lit collé à la fenêtre. Un corps décharné dans un pyjama en coton écru reposait sur les draps. Des cheveux blancs striaient son crâne ivoire. Ses lèvres grises formaient des mots et les chassaient dans un soupir. Penché sur le vieillard, Manuel les recueillait et leur prêtait sa voix à l'intention de Justin. Justin comprenait la moitié du portugais de Manuel, il croyait deviner l'autre.

Quand Justin avait appris la condition de Beto et le lieu de la rencontre, il avait voulu l'annuler, mais Manuel avait secoué la tête : à part lui, son grand-père ne voyait personne et se faisait une joie de cette visite

Beto était arrivé à Rio quand il avait vingt ans, du Minas Gerais où il était né. La *favela do Pavão* l'avait séduit par sa vue et sa lumière, il s'était construit sur le flanc du *morro* le seul atelier d'artiste à la portée de sa pauvreté. Il ne l'avait quitté que deux mois plus tôt pour cette chambre d'hôpital.

Dans les années 1960 et 1970, Beto, disait-il, aurait pu s'offrir une *cobertura* sur Copacabana ou Leblon, puis les temps étaient devenus durs.

Manuel avait soldé trente tableaux à un marchand d'Ipanema, comme des épaves automobiles à un ferrailleur, pour payer les factures de médicaments. De ses cent quarante-sept tableaux de la *favela*, Beto n'avait plus que les seize toiles accrochées aux murs du Tip Top Fast.

Beto tendit une main parcheminée vers le placard en métal à droite de son lit. Manuel en tira un classeur à soufflets qu'il donna à Justin. Un ruban noir le fermait, Justin le dénoua et sortit six grands cahiers au format italien. Leurs couvertures marbrées aux couleurs passées partaient en poussière. Justin en ouvrit un, un paon à l'encre de Chine décorait sa page de garde, des aquarelles coloraient les suivantes, des notes à l'écriture fine indiquaient leur date et leur sujet, toujours des points de vue de la *favela do Pavão*.

— *É para você. O meu avô vendeu ou perdeu os outros* [22].

Le classeur contenait aussi un accordéon de papier jauni. Justin le déplia, il avait presque la taille d'une

---

[22] Ils sont pour toi. Mon grand-père a vendu ou perdu les autres.

affiche de cinéma. De petits carrés multicolores y formaient une mosaïque à l'allure de lézard à six pattes.

— C'est la *favela*, de l'arrivée de mon grand-père à maintenant. Les taches bleues sont les maisons déjà construites à son installation, les jaunes datent des années 1950, et ainsi de suite. Le carré blanc, c'est chez nous.

Des numéros sur le plan marquaient les emplacements où Beto avait peint ses cent quarante-sept toiles de la *favela*.

— C'est aussi pour moi ?

Manuel acquiesça.

— *Por que ?*

— *Faz anos que ninguém se interessa pelas telas dele e pela favela* [23].

— Et toi ?

Manuel sourit.

— Je connais déjà trop la *favela*.

Justin se leva au-dessus du lit et remercia le peintre. Beto eut un faible sourire, puis ferma les yeux.

— Il est temps de partir.

Justin hocha la tête et sortit dans le couloir. Après quelques instants de plus avec son grand-père adoptif qui l'avait recueilli alors qu'il traînait à six ans dans les rues de Copacabana, Manuel le rejoignit. Ils parcoururent en silence les corridors vers la sortie.

---

[23] Il y a des années que personne ne s'est intéressé à ses tableaux et à la *favela*.

Justin pensait à son propre grand-père. Son médecin avait eu raison de sa résistance, il avait accepté d'être hospitalisé à Québec pour des examens. La veille, il avait appelé Justin de sa chambre avec vue sur le Saint-Laurent à moitié gelé. Sa voix se voulait enjouée, les examens qu'il refusait par crainte de leurs résultats s'étaient révélés, selon lui, excellents.

— Tout un tintouin pour un petit coup de pompe. Je suis dans une forme préolympique. J'ai eu peur d'être mis à la porte, mais ils m'ont accordé trois jours de plus pour pousser notre projet.

Contre l'ennui de l'hôpital et la vieillesse en général, Michel Deslauriers avait convoqué en audience au pied de son lit d'anciens collègues de parti et l'élite du parlement.

— J'ai un agenda de ministre. Je les gagnerai à notre cause, si nécessaire par la pitié. Ils n'oseront pas refuser un dernier service à un supposé mourant.

Justin avait espéré que son grand-père allait aussi bien qu'il le prétendait.

Dans la rue, la chaleur l'accabla. Décembre était au coin du calendrier. L'air du milieu d'après-midi était suffocant. D'énormes nuages noirs s'aggloméraient dans le ciel sans se décider à crever. Il remonta avec Manuel vers Copacabana à contresens des embouteillages. Une odeur presque enivrante d'éthanol s'élevait des pots d'échappement.

— Les toiles t'intéressent toujours ?

Justin fit signe que oui.

—Tu voudrais en acheter combien?

—Ça dépend du prix.

Il ne voulait pas parler argent avec Manuel. Son père négocierait, il adorait marchander. Si Manuel était trop gourmand, Justin se rabattrait sur la galerie d'Ipanema. La rencontre avec Beto et les cahiers d'aquarelles offerts avaient peut-être servi à l'appâter.

Il entrèrent au Tip Top Fast. Manuel disparut derrière la porte du personnel enfiler son uniforme. Justin monta à la *lounge* et embrassa les toiles du regard.

Edson et João l'attendaient à la table du triumvirat. Il s'assit face à eux et les interrogea sur leur après-midi.

—Comment ça s'est passé?

À moins d'un mois de Noël, les examens de fin d'année avaient débuté. Justin en était dispensé par son carnet scolaire canadien. Ses amis se réhydrataient avec deux sodas d'une longue épreuve de mathématiques.

João esquissa une moue dubitative par principe, mais Justin savait qu'il le rejoindrait sans problème en troisième.

Edson souriait.

—Moins bien qu'avec un voisin sur qui copier, mais de quoi sauver les meubles.

—Sûr?

—De justesse, avec peut-être une entrevue amicale entre mon père et le proviseur, et des devoirs de vacances, mais oui.

Edson ne concevait la vie scolaire que sur le fil du

rasoir. Un passage sans histoire en classe supérieure l'aurait humilié.

— Et l'an prochain, avec un voisin de table présent les jours d'examen, mes talents intellectuels fleuriront soudain, ainsi que mon don pour le surf.

Une employée à l'air canaille sous son béret de travers apparut au sommet de l'escalier avec un plateau. Elle s'appelait Silvia et, à seize ans, inspirait des idées à Justin et, par malchance, les mêmes à Edson. Elle déposa deux assiettes sur la table et subit avec un sourire tolérant le harcèlement verbal de son patron. Quand elle repartit, même João suivit ses hanches des yeux.

Les deux assiettes, l'une blanche, l'autre verte, étaient remplies de bouchées de tarte au sucre.

— Dégustation aveugle, décréta Edson

Dans l'assiette blanche, Justin reconnut une fois de plus la touche sans espoir du chef de cuisine : pâte molle et sans goût, garniture repoussante à l'œil et au palais. La verte contenait une divine surprise.

— Qui l'a cuisinée ?

— La cuisinière assistante, Rosa, qui boit tes leçons et te dévore du regard. Tu lui as tourné la tête, Justinho.

Justin grimaça : Rosa l'inspirait moins que Silvia.

— Avec ton feu vert, je la nomme chef de notre carte québécoise.

Après la tarte au sucre, Edson rêvait déjà de soirées « poutine à volonté ».

João posa son cartable sur la table et en sortit une

enveloppe. Il la donna à Justin.

—Un coursier l'a déposée à midi au fort.

Depuis deux semaines, l'aide de ses amis dans ses recherches sur Xuxa et Márcia révélait à Justin combien, à Rio, les collégiens singeaient en mineur le monde des adultes. Le commandant Souza Mello siégeait à la commission de l'État de Rio de Janeiro sur la sécurité. Il avait pris l'habitude de déjeuner avant ses réunions, ou boire un verre après, avec un autre membre, le procureur de l'État. La relation des deux hommes s'était étendue à leurs familles, via des repas à domicile et des invitations à leurs clubs respectifs. Le procureur avait deux filles et un fils, de deux ans plus vieux que João et aussi sérieux. Les garçons s'étaient liés d'une forme d'amitié.

Justin tira de l'enveloppe les trois pages photocopiées d'un dossier administratif, dont les ratures prouvaient qu'il avait été tapé à la machine. La première s'ornait de photos, de face et de profil, d'un visage à la fois hagard et buté, et d'empreintes digitales.

—Evaldo Montevilla dos Santos purge depuis treize mois au pénitencier de Volta Redonda une peine de cinq ans de prison pour tentative de meurtre. C'est sa première condamnation. Il a été incarcéré en dehors de Rio pour l'abriter des représailles des amis de sa victime, membre du gang de la *favela* de São Conrado. Si sa bonne conduite se poursuit, il bénéficiera d'une libération conditionnelle aux deux tiers de sa peine, dans vingt-sept mois.

Le résumé de João terminé, Justin parcourut les informations personnelles du détenu. Il crut à une faute de frappe.

— Il a seize ans?

João le confirma de la tête. Justin calcula à rebours. Le demi-frère de Márcia avait à peine quinze ans lors de la tentative de meurtre. Il venait, selon le dossier, d'être père d'une petite Alicia, conçue avec son amie, Lucia Salgueiro, sa cadette de six mois.

— Ces informations ne t'ont pas coûté trop cher?

— Un après-midi de voile au Club naval.

— Et ton ami ne risque pas de problèmes?

— L'essentiel du dossier est accessible au public, tu aurais pu l'obtenir par les canaux officiels.

Edson fit la moue.

— Sans piston, en guère plus d'un an.

— Tu remercieras ton ami, João. Cela m'aide beaucoup.

João semblait sceptique, Edson aussi. C'était pourtant vrai. Leur enquête composait, touche par touche, un paysage. Le dossier du demi-frère de Márcia y ajoutait la sienne. Xuxa était née un 26 janvier, six mois avant Justin, elle n'avait, selon l'état civil, pas de père, mais un casier judiciaire vierge, comme sa mère, Márcia, trente-deux ans, célibataire et sans autre enfant.

Justin parcourut à nouveau les trois pages en quête d'une coïncidence qu'il ne trouva pas. Il leva les yeux vers João.

— La liste et les dates des visites aux détenus sont

confidentielles?

— Je l'ignore, mais il n'est pas interdit de le demander.

Justin quitta ses deux amis et se dépêcha, il était en retard.

Le patron de la *lanchonete* Tocantins lui avait appris que, faute d'écoles sur les flancs du *morro*, les jeunes de la *favela do Pavão* étudiaient dans les établissements de Copacabana; pour une fille de l'âge de Xuxa, il s'agirait du collège Machado de Assis.

Quand ses propres cours le permettaient, Justin y assistait à la sortie des classes. Il avait d'abord suivi Xuxa de loin, puis s'était enhardi. Dissimulé de l'autre côté de la rue parmi les voitures en stationnement, dès qu'elle apparaissait, il la photographiait ou la filmait avec son téléphone cellulaire. C'était une forme de vengeance, Justin avait horreur d'être pris en photo. Elle avait volé ses boutons de manchette, il la dépouillait de son image et de son intimité. C'étaient d'autres touches à ajouter au tableau. Il guettait l'instant où elle sortirait de son sac les boutons de manchette pour l'admiration de ses amies ou les négocierait sur le comptoir d'une boutique louche. Il la suivait, parmi ses camarades, puis seule, mais elle n'avait commis aucun faux pas. Soir après soir, elle effectuait quelques courses au supermarché *Pão de Açúcar*, puis disparaissait dans la *favela*.

De retour à l'*edifício* San Marco, Justin transférait les images sur son ordinateur. Malgré leur médiocrité, il scrutait son visage, ses expressions, ses gestes pour décider s'ils étaient ceux d'une voleuse.

À l'arrivée de Justin, le trottoir était vide : toutes les classes étaient sorties depuis longtemps. La porte du bâtiment était ouverte, Justin entra dans le hall. La composition des classes était affichée sur les murs. Il trouva le nom de Xuxa Montevilla dans la septième série. Il y avait aussi des tableaux d'honneur. La fille de Márcia y apparaissait plusieurs fois. Elle était première en anglais.

Justin ressortit de l'école et marcha jusqu'à la plage. Il retira ses chaussures, puis descendit sur le sable presque immaculé du milieu de semaine. La nuit tombait. C'était devenu son heure favorite, quand la chaleur, privée du soleil, s'apaisait et qu'une brise venait du large balayer la pollution du jour.

Les projecteurs de la promenade éclairaient la plage comme en plein jour. Justin reconnut la banderole, plantée au même endroit qu'une semaine plus tôt, de l'académie de *capoeira* Arco-íris et s'assit sur un coin de sable oublié par les lampadaires. Ils étaient une vingtaine, dont sept filles, de l'âge de Justin jusqu'à peut-être vingt ans, plus un instructeur à la chevelure frisée sel et poivre. Tous étaient mulâtres ou noirs, les garçons torse nu avec un pantalon bouffant blanc. Xuxa portait le même short moulant qu'à leur première rencontre et un teeshirt orange de la municipalité de Rio.

Ils formèrent un cercle et trois des plus jeunes garçons se mirent à frapper des tambours. Justin reconnut les battements descendus de la *favela*, qui avaient inquiété ses premières nuits. Deux arcs musicaux et une paire de clochettes en métal se joignirent à eux et l'instructeur psalmodia un chant aux accents de prière. Deux membres du cercle en sortirent et s'accroupirent aux pieds du moniteur, puis entamèrent la lente chorégraphie d'une lutte stylisée où, de lancers de jambes en esquives du buste, ils ne se touchaient pas. Justin se rapprocha, mais prit soin de rester dans le dos de Xuxa. Les couples de danseurs combattants se succédèrent au son de chants presque liturgiques puis soudain endiablés, dont la cadence commandait le rythme de leurs évolutions. Xuxa se mesura à un partenaire ébène. Ils mimèrent un combat sensuel qui adoucit les angles de son corps trop long et maigre. Elle acquit par mimétisme la grâce féline de son adversaire et Justin eut envie de l'affronter à son tour pour vider leur contentieux dans cette gestuelle de lutte.

Face au spectacle, il se demandait si la *capoeira* était une technique de combat, une danse ou une image de la vie, Xuxa une ballerine, une guerrière révoltée contre la misère, les Blancs, les *gringos*, la version militante et dure de sa mère, ou juste une voleuse. Lui-même aurait été incapable de se définir, Xuxa n'était sans doute pas différente. Il voyait Márcia et Xuxa comme les deux visages d'un Brésil d'ombre et de lumière, où tout possédait un recto et un verso, attirait et repoussait, séduisait et menaçait.

Les chants et la musique s'arrêtèrent, tout sembla

achevé, puis deux garçons et deux filles allumèrent des bougies à l'orée des vagues et placèrent devant elles des assiettes remplies de fleurs et d'offrandes. Le groupe se réunit en arc de cercle face à l'autel de fortune. L'instructeur entonna une incantation, puis ses élèves se dispersèrent vers la promenade, tandis qu'il repliait la banderole.

Justin s'approcha des assiettes, restées seules sur le sable humide, pleines de haricots et de lamelles de viande séchée, puis remonta vers l'*avenida* Atlântica.

Justin n'était pas pressé de rentrer à la *cobertura*. Depuis l'agression, il s'était rebâti des zones de confort: Copacabana, Ipanema, le *largo do Machado*, les environs du lycée français, même si des poches de peur persistaient: il ne traversait plus seul le *parque Garota* de Ipanema, contournait les tunnels, les galeries marchandes après la fermeture des boutiques, les squares peuplés de vagabonds et le lieu de sa mauvaise rencontre. La nuit, en revanche, ne l'effrayait pas. À Rio, elle remplissait les rues. Copacabana brillait des lumières des *barzinhos* et des *lanchonete*s, les clients se pressaient aux terrasses.

Justin regarda sa montre. Le jeudi soir, son père rentrait souvent alors qu'il était couché. Il n'avait pas ramené Iara Campos à la résidence depuis que Justin l'avait surprise après sa douche et prenait maintenant ses cours de portugais au consulat. Justin savait qu'ils sortaient ensuite ensemble, parfois elle l'escortait à des réceptions diplomatiques. Il ne regrettait pas ces fonctions officielles, mais aurait préféré un autre remplaçant.

Au lycée Molière, Justin avait surpris des sourires parmi les fils de diplomates. João avait prétendu ne pas les remarquer, Edson avait eu la franchise de les lui expliquer : Iara Campos était prodigue de ses cours et de ses charmes aux diplomates postés à Rio, surtout célibataires. Elle avait pris dans ses filets un consul des Pays-Bas, l'attaché culturel espagnol, enfin le conseiller commercial français, jusqu'à sa mutation, trois mois plus tôt. Le microcosme diplomatique observait avec amusement la chercheuse d'or et sa nouvelle victime.

Justin arriva devant l'*edifício* San Marco. Les lumières de la terrasse étaient allumées. Surpris, il remonta. François D. jouait seul de la guitare électrique face à la mer. Justin reconnut *Desafinado*. Il imagina le désaccord qui avait ramené son père à l'appartement et sourit.

. . .

Ce matin, avant son départ pour le collège, Márcia lui avait annoncé le menu du soir : un *xinxim de galinha*.

— J'attendrai ton retour pour te montrer comment faire.

— Si je suis en retard, cuisine sans moi.

Márcia avait souri avec fatalisme : « Comme tu voudras. »

C'était la conséquence la plus douloureuse du vol, il l'avait éloigné de Márcia. Il ne l'accompagnait plus au marché, ne la rejoignait plus en cuisine pour parler portugais ou observer ses recettes bahianaises ; le soir, il rentrait souvent après son départ. Quand il croisait dans son regard de l'incompréhension ou de la peine, il détournait les yeux, puis se morigénait : Márcia avait juste peur qu'il l'ait percée à jour et reconnu dans sa gentillesse une tactique pour l'inciter à baisser sa garde.

Il avait poussé la perversion à lui tendre des pièges, laissé traîner des *reais* dans sa chambre, dans les poches de ses vêtements à laver, même placé des fils en travers de ses tiroirs de bureau et table de nuit pour découvrir si elle les fouillait. Toutes ses tentations avaient échoué, il avait été rassuré et déçu.

Manuel était devenu le principal indicateur de Justin dans son enquête sur Márcia et Xuxa, même s'il les connaissait à peine. Il avait glané ses bouts d'information dans les *barzinhos* et les épiceries de la *favela* où il occupait toujours la maison de Beto.

Par Manuel, Justin avait appris l'adresse de Xuxa et Márcia : le troisième étage d'une construction invisible depuis la *cobertura*. Le gardien du Tip Top Fast lui avait aussi révélé l'existence du demi-frère de Márcia. Avant son emprisonnement, Evaldo vivait de petits trafics et prenait des paris pour le gang de São Conrado. Sa compagne, Lucia, et leur fille Alicia habitaient encore la *favela*, dans une chambre au sommet d'un immeuble qui, à entasser les étages, penchait comme une pile de livres presque rattrapée par les lois de la gravitation. Justin les observait parfois la nuit. Les jumelles de João le projetaient dans les bras de Lucia, son aînée d'à peine un an, aux beaux cheveux noirs, qui promenait son bébé pour l'endormir. Deux fois, Xuxa et Márcia leur avaient rendu visite avec des provisions. Depuis le samedi précédent, la pièce brillait du même jaune qu'un mur de la chambre de Justin : Xuxa l'avait repeinte, comme pour l'aider à mieux la repérer.

Même dans les ragots de la *favela*, Manuel n'avait découvert d'ami de cœur ou d'amant ni à Xuxa, ni à Márcia. Elles vivaient seules, sans histoire ni mauvaise fréquentation. Justin se disait parfois que Manuel le menait en bateau : au nom de la solidarité de la *favela*, il avait dévoilé son enquête à Márcia et Xuxa et ils riaient ensemble des fables dont il le gavait.

Justin connaissait le salaire de Márcia, il connaissait son loyer. Lucia et Alicia n'avaient aucune ressource, elle payait sans doute leur logement et leur nourriture. Justin faisait des additions, aucune ne tombait juste : Márcia ne pouvait pas joindre les deux bouts. L'arithmétique démontrait à la fois le vol de ses boutons de manchette et sa nécessité. Il ne pouvait en vouloir à Xuxa et Márcia, juste leur reprocher de ne pas avoir demandé l'aide de lui ni de son père, sous forme d'une avance ou une augmentation de salaire.

Quand Justin avait confessé ses scrupules à João et Edson, ils avaient souri de conserve.

— Tu glisses sur une mauvaise pente, *gringo*. La compassion est mauvaise conseillère, parfois fatale.

Edson cita un couple de Français bien intentionnés qui avaient créé à Copacabana une association d'aide aux démunis et fini assassinés dans leur appartement par un homme qu'ils avaient tiré de la rue.

— Il détournait depuis le premier jour les fonds de l'association.

João avait acquiescé sans prêcher les vertus de la charité chrétienne. Justin avait regretté s'être ouvert à ses amis.

Justin et João descendirent du bus qui les ramenait du lycée. Dans trois semaines, les vacances d'été débuteraient, les cours reprendraient juste avant le carnaval. Justin appréhendait un peu ces deux mois sans école et, en partie, sans amis : João et Edson voyageraient pendant les fêtes avec leurs familles.

— À lundi, Justin.

Ils se serrèrent la main. Justin marcha vers la boutique de Joaquim Monteiro. Ses visites au vieil homme avaient remplacé ses conversations avec Márcia. Sa face de grenouille ne lui faisait plus peur. Quand Justin arrivait, il s'asseyait et les leçons commençaient. Justin les écoutait comme les contes et légendes d'un pays lointain. Les mots et les noms le berçaient d'un mélange de portugais et d'africain. Son attention flottait, sans chercher à les trier. Il souriait. Joaquim le séduisait par la musique de ses histoires, il n'en saisissait pas encore toutes les paroles.

D'abord venait Olorun, le dieu suprême du *candom-*

blé. Il avait créé le monde, puis s'était retiré. Depuis, les *orixás*, ses intermédiaires auprès des hommes, géraient sa création : Ogum était le dieu du fer et de la guerre, Exu des rues et des passages, Oxalà régnait sur la voûte céleste, Yansan triomphait de la mort. Il y en avait bien d'autres.

Les *orixás* avaient leurs fidèles : *abiãs*, quand ils n'étaient que novices, *iyaôs*, quand leur initiation achevée, ils devenaient *filhos* et *filhas de santo*, fils et filles de leur *orixá*. Ils avaient aussi leurs prêtres : le *babalorixá*, ou *pai de santo*, père de saint, la *ialorixá* ou *mãe de santo*, mère de saint, chefs du culte et de la communauté ; le *babalaô*, le devin ; le *babalosaim*, gardien du savoir des plantes indispensables aux rites.

Il fallait ne pas se frotter aux *eguns*, les esprits des morts, et bien pratiquer les *ebós*, les sacrifices ; il fallait aussi chanter et danser pour les dieux et leur offrir leurs plats favoris.

Chaque humain était lié de naissance à un *orixá*, qui façonnait sa personnalité. Justin aurait aimé connaître le sien. Par curiosité, comme pour son signe du zodiaque. Le collier d'Ifá le lui dirait. Ifá était le destin, son collier enfilait des coquilles sur un lacet. Le *babalaô*, son prêtre, le lançait. Le collier traçait un signe sur le sol. Ce signe correspondait à un *odú*, dont le *babalaô* interprétait les récits et les mythes. C'était le premier pas anodin d'une initiation qui l'était moins.

Xuxa portait le collier de *Iemanjá*. Justin ignorait si

c'était par amour des perles de verre bleu clair ou en hommage à son *orixá*. La seconde hypothèse l'aurait mise sur la route des rites : le lavage du collier et le *bori*, où le sacrifice d'un animal à deux pattes renforçait la tête de la novice avant que son *orixá* l'habite, peut-être jusqu'à l'initiation ultime, la transe, quand l'*orixá* descendait dans la tête de sa fidèle, la montait comme un cheval, la novice devenait fille de saint et appartenait enfin tout entière à sa divinité.

Joaquim avait traduit à Justin des récits de possession. Ils lui avaient rappelé les images et voix remontées de son coma, mais Justin n'en avait rien dit.

Chaque fois qu'il évoquait Xuxa, puis Márcia, Joaquim lui opposait un sourire énigmatique, sans révéler s'il les connaissait. Il aimait les mystères. Justin n'aurait même su dire si le vieil homme croyait au *candomblé*. Il éludait la question par d'autres et des paradoxes.

—Tu es catholique, Justin, mais crois-tu au catholicisme ? Pourquoi laisser la religion aux religieux ? Et le *candomblé* aux descendants d'Africains ?

Joaquim se disait portugais et arrivé au Brésil enfant. Toute sa boutique et sa personne exhalaient un parfum d'irréalité. Il se comparait aux *erê*, les elfes turbulents et joueurs du *candomblé*.

Joaquim avait expliqué à Justin que les cultes afro-brésiliens compartimentaient le cosmos entre le monde des *orixás*, les destins individuels des hommes, la nature et le domaine des morts.

À sa manière, Justin aussi divisait son univers et, avec lui, ses fidélités et ses confidences. En raison de son âge, Justin avait placé Joaquim dans la même case que son grand-père. Sans partager avec lui son projet de jumelage, il lui faisait confiance : il le croyait trop près de la fin de ses jours pour risquer par des bassesses son avenir dans un au-delà toujours possible.

Quand Justin avait avoué son intérêt pour la *favela do Pavão*, Joaquim lui avait appris que la *favela* possédait à l'origine un *terreiro*, un lieu de culte pour le *candomblé*. Dans les années 1980, le manque d'espace l'avait condamné et les habitants de la *favela* traînaient depuis leur foi aux temples de la *Zona Norte*. Le boutiquier avait levé les yeux vers le *morro* et ajouté.

— J'y ai encore des entrées, même si la pente est rude.

Le *candomblé* mettait en correspondance les *orixás* et les saints catholiques : Ogum devenait saint Antoine, Oxossi la doublure de saint Sébastien, Oxumarê le jumeau de saint Barthélemy. Justin étendrait ces relations à deux communautés. C'était embrouillé dans son esprit mais il lui semblait parfois que, par la bouche de Joaquim, le *candomblé* donnait son aval à son ambition.

— Les échanges entre l'*orixá* et ses initiés, ses *filhos de santo*, fondent le *candomblé*. L'*orixá* apporte un surcroît d'existence à ses initiés qui assurent en retour sa survie. L'*orixá* libère ses *filhos de santo*, souvent pauvres et méprisés, de leur statut social. Ses initiés le nourrissent de leurs offrandes et l'accueillent dans leur corps où il se régénère. L'*orixá* et ses *filhos de santo* troquent l'être et l'avoir.

Les résidants de la *favela* enrichiraient la relation au monde des habitants de Charlevoix et seraient payés en retour d'un mieux-être matériel : c'était le message que le *candomblé* semblait souffler à Justin.

Il tourna le coin de la rue et approcha de la boutique. Joaquim était seul, comme presque toujours. Justin lui raconta la séance de *capoeira*, puis la cérémonie d'offrandes sur la plage, la veille au soir. Le vieil homme hocha la tête.

— La *capoeira* et le *candomblé* ont tous deux leurs racines en Afrique et les Portugais les ont tous deux persécutés : ils menaçaient leur ordre social et religieux. Avec la *capoeira*, les esclaves révoltés combattaient l'oppression sans armes, pieds et mains nus ; avec le *candomblé*, ils résistaient de toute leur âme au catholicisme. Main dans la main, la *capoeira* et le *candomblé* assuraient la survie physique et spirituelle du groupe. Le cercle des capoeiristes était l'image vivante de la *roda da vida*, la ronde de la vie. Aujourd'hui, sur Copacabana, entre les joueurs de football et volley-ball, la première n'est plus qu'une pantomime, l'autre une superstition. Les footballeurs se signent à chaque passe, les capoeiristes invoquent un *orixá* pour guider leurs gestes. Hier soir, les assiettes contenaient, dis-tu, des haricots et de la viande séchée, alors c'était à Oxossi, l'*orixá* de la lune et la chasse, qu'ils sacrifiaient.

—Il porte bonheur ?

—Ou malheur aux adversaires. Ce n'est plus de la religion, mais de la magie, blanche ou noire. Elle peut tout ce que tu veux, si tu décides d'y croire.

—Elle retrouve les objets perdus ?

Joaquim acquiesça, Justin ne poursuivit pas. Ce n'était pas le sujet du jour. Il était venu éviter la répétition d'une erreur peut-être commise avec Márcia. Joaquim aimait rappeler que l'échange à la base du *candomblé* fondait aussi les relations personnelles : donnant-donnant, une autre forme de la loi du talion. Si la disparition de ses boutons de manchette représentait le coût caché des services de Márcia, Justin voulait connaître le prix des leçons du boutiquier.

—Joaquim, de quoi aurais-tu envie pour Noël ?

Le vieil homme sourit, satisfait d'un élève attentif. Il souleva le rideau noir qui fermait son arrière-boutique et signala à Justin de le suivre. La pièce sentait le papier moisi, une ampoule au plafond y projetait une pénombre de cave. Des livres et des revues tapissaient ses murs et avaient envahi un grand bureau au bois presque rouge, la moitié du sol carrelé disparaissait sous des amoncellements de caisses en carton.

—La première de mes trois cavernes d'Ali Baba.

Joaquim dégagea le bureau des piles de livres qui l'avaient protégé de la poussière.

—Ouvre une caisse au hasard et déballe-la ici.

Justin obéit. Il tira d'un carton rongé par l'humidité

des brassées de photos en noir et blanc et en couleur, souvent très belles, d'allure parfois très ancienne, de *terreiros*, *filhos* et *filhas de santos*, et les posa sur le bureau, puis ce furent des boîtes de diapositives, des cassettes vidéo et audio, même une bobine de film.

—Ouvre d'autres caisses et tu trouveras de tout : des enregistrements de cérémonies, des témoignages, des dessins de costumes, des plans de *terreiros*.

—D'où viennent-ils ?

—J'ai amassé la plupart des documents moi-même, pendant presque un demi-siècle. J'ai récupéré les autres à droite et à gauche : ils encombraient. Mes autres cavernes sont chez moi : deux pièces pleines. J'y conserve presque tous les films, en 8 mm et 16 mm surtout, même quelques bobines en 35 mm, que je n'ai jamais vues.

—Qu'aimerais-tu que je fasse ?

—Un tour de passe-passe numérique. Chaque jour, mes cavernes ressemblent un peu plus à des tombeaux. Les pellicules n'attendent qu'une étincelle pour partir en fumée. J'ai besoin d'un *erê* un peu magicien pour suspendre le vol du temps. Mes archives sont aussi divisées que le cosmos du *candomblé* : il y a du texte, de l'image, du son. Je souhaiterais que tu les unifies et les sauvegardes sous forme de zéros et de uns.

Justin secoua la tête.

—C'est impossible.

Les yeux humides comme deux lunes dans l'eau du vieil homme scintillèrent de malice.

— Tu seras bientôt en vacances.

C'était vrai, et Justin craignait de les trouver longues, mais, avec son scanner et ses logiciels de numérisation, il viendrait au mieux à bout d'une caisse avant son retour au lycée Molière. Et seul un laboratoire spécialisé posséderait les outils pour numériser les films, si leur état le permettait encore.

— Mes vacances dureraient toujours que je n'y arriverais pas.

Joaquim farfouilla dans un tiroir du bureau et exhiba un DVD.

— Je ne demande pas l'impossible, juste un peu de magie. Remplis ce disque, crée une bande-annonce, mets l'eau à la bouche. C'est sans doute la plus belle collection d'archives sur le *candomblé*. Sauvons-la. Le *Museu Paulista* et l'université de Rio s'y intéressent, mais ils sont à peine plus riches et mieux équipés que toi. Les cartons changeraient de cavernes et seraient moins bien gardés que dans les miennes.

— À quoi servirait le DVD ?

— Trouver un prince charmant.

Joaquim appuya son sourire : « Je crois qu'il sera canadien, comme toi, même québécois, pour que je le comprenne. »

Il sortit de la poche de sa veste comme un lapin d'un chapeau une liasse de feuilles qu'il tendit à Justin. Il y trouva imprimées des pages des sites internet de l'Office national du film du Canada, la Cinémathèque québécoise, du département d'anthropologie de l'Université de Montréal et du Musée de la civilisation de Québec.

— Réalise la bande-annonce, puis nous séduirons l'un ou plusieurs de ces princes. Eux ont les moyens de sauvegarder ma collection, puis de l'exploiter et la diffuser. J'ai visionné sur le site de l'ONF un film sur la pêche au marsouin, j'aimerais y voir un jour une cérémonie de *candomblé*. Tu acceptes?

Justin repartit sans avoir dit « oui », mais connaissait sa réponse. En route vers l'*edifício* San Marco, par les rues où les employés municipaux accrochaient des guirlandes de Noël, Justin avait malgré lui des étincelles dans les yeux et, dans la tête, une vision qu'il n'avait pas le courage de chasser : lui, son grand-père, Joaquim, une foule de *babalorixás*, *filhos* et *filhas de santo*, réunis sur la grand-place de la *favela do Pavão* – qu'il connaissait par cœur sans y avoir mis les pieds grâce aux cahiers de Beto –, pour y assister à la projection, sur un écran à la dimension des rêves, des images sauvées par le boutiquier.

À la réception de l'*edifício* San Marco, Pedrinho lui tendit une enveloppe à son nom qui le ramena sur terre. Une bonne odeur de cuisine l'attendait dans l'appartement. Il se rappela le *xinxim de galinha* promis par Márcia et poussa la porte de la cuisine, mais elle était partie. Il alla dans sa chambre ouvrir l'enveloppe. Elle contenait un mot de João et la copie des formulaires remplis par les visiteurs d'Evaldo Montevilla dos Santos à la prison de Volta Redonda. Le détenu avait reçu cinq visites durant son incarcération : trois de sa compagne, Lucia, deux de Márcia. Justin vérifia dans son agenda la date des visites : quand Xuxa l'avait remplacée, Márcia n'avait pas été souffrante mais auprès de son demi-frère. Pour Justin, un détail du paysage prenait forme.

. . .

Un rock belliqueux descendait du bungalow et écrasait tout sur son passage. François D. et Valdir Souza Mello s'assourdissaient de musique de leur adolescence. Justin espéra dans le bruit infernal le début d'une amitié qui laisserait ses dimanches toujours plus libres et quitta l'appartement.

Il prit un bus à destination du jardin botanique et descendit devant l'hippodrome de Rio, puis traversa l'avenue qui le longeait vers la *praça* Santos Dumont. Chaque fin de semaine, un marché d'antiquités se tenait sur son triangle ombragé, bordé de cafés et de restaurants.

Il fit le tour des stands et se crut dans une brocante européenne. Toutes les vieilleries en vente semblaient tirées du vieux continent. Il y avait de petits paysages laids dans des cadres dorés, des pendules à balanciers, des fauteuils à bascule, des chandeliers, des gramophones, et des bijoux à ne savoir qu'en faire. Justin pétrit à pleines mains des caisses de broches, bagues, boucles d'oreilles, pendentifs, chevalières, bracelets, camés. Il y pêcha à l'occasion des boutons de manchette, presque toujours dépareillés, et sans aucun air de famille avec les siens. Des vendeurs aussi vieux que leurs trésors lui fournirent les coordonnées de deux boutiques, sur Flamengo et au centre-ville, spécialisées dans les bijoux fantaisie pour hommes. Justin avait déjà écumé sans résultat les antiquaires et les bijoutiers de la *Zona Sul* et du *Largo do Machado*.

Il avait pris la résolution, s'il ne retrouvait pas les boutons avant la fin de l'année, d'en commander une nouvelle paire à un orfèvre. Il les avait dessinés de mémoire, la signature de Tancredo Neves était connue. À l'heure où partout régnait la contrefaçon, la copie tromperait peut-être jusqu'à son grand-père. Il ignorait comment il la paierait.

Justin repartit, le long des terrasses, contourna l'hippodrome et rejoignit la lagune. Il marcha sur des trottoirs écrasés de soleil vers Ipanema et le siège du CR Flamengo, le club le plus célèbre de la ville pour son équipe de *futebol*, dont la description par Edson avait rappelé à Justin les Canadiens de Montréal : le Flamengo avait connu des jours meilleurs et rêvait de lendemains qui chantent.

Le fronton du bâtiment révéla à Justin la signification des initiales CR : *Clube de Regatas*. La plus fameuse équipe *Carioca* de *futebol* devait son existence à des mordus de voile.

Justin donna au portail du club le nom d'Edson.

Il arriva en short de bain, avec sur le dos le maillot de l'équipe, aux bandes horizontales noires et rouges.

— Tu verras, Robert n'est pas très drôle, mais il est fiable. Laisse-moi parler.

Edson précéda Justin dans des allées en zigzags entre les terrains de tennis, basket-ball et volley-ball. Un garçon blond les attendait sous un parasol, à côté de la piscine. Il portait un costume beige et une cravate rayée où brillait une petite émeraude.

Robert Kircher parlait un français impeccable. Son père dirigeait le réseau de boutiques Stern, le plus grand diamantaire brésilien.

— Le grand-père de Justin est un ancien député canadien. Depuis sa retraite, il collectionne les boutons de manchette. Justin aimerait lui en offrir pour Noël. Son grand-père ne s'intéresse qu'à des pièces uniques, surtout à valeur historique, par exemple reçues ou offertes par des hommes d'État.

Edson sollicita du regard l'approbation de Justin. Il la donna d'un vigoureux hochement de tête.

— Justin a besoin d'un expert : toi. Tu lui trouveras la pièce idéale. Je la verrais bien liée à l'histoire récente du pays, entre le retour à la démocratie et aujourd'hui.

Justin devança la sollicitation d'Edson et hocha encore plus fort la tête. Robert sourit. Il n'était pas un expert, loin de là, mais il n'en manquait pas au sein de Stern.

— Disons que la société a de très bonnes oreilles.

Pas grand-chose nous échappe. Y compris sur le marché informel.

— Robert aime les demi-mots. Il parle des receleurs de pièces volées.

Robert était trop bien élevé pour évoquer la question financière et Justin peu désireux de l'anticiper. Si les boutons réapparaissaient, il serait aussi en peine de les racheter que de payer la fabrication d'une copie.

Justin échangea ses coordonnées avec Robert et reçut en prime une invitation à visiter les ateliers Stern.

À son retour à la *cobertura*, la nuit et le bruit étaient tombés. Son père était seul et avait faim.

— Une suggestion ?

— La *lanchonete* 21 ?

— Adopté.

Sur l'*avenida* Atlântica, Justin tourna à droite.

— Tu as égaré ta boussole ?

— Une course à faire, presque sur la route.

Elle les amena au Tip Top Fast, François D. ne fut pas amusé.

— C'est la mauvaise adresse, et surtout le mauvais menu.

— Entre t'en mettre plein les yeux.

Manuel se tenait en salle, près des caisses. Justin lui adressa un petit signe de main, puis précéda son père à la mezzanine. La *lounge* était calme et vide d'amateurs d'art. Justin désigna les tableaux sur les murs. François D. tourna lentement autour de la pièce.

— Superbes.

Justin fut à la fois heureux et inquiet, comme toujours quand leurs goûts coïncidaient.

— Tu as arrêté ton choix ?

Avec beaucoup de mal, Justin avait sélectionné cinq toiles parmi les seize exposées. Il espérait en voir trois sur les murs de sa chambre, si Manuel était raisonnable dans ses prétentions financières. Justin descendit le chercher et le présenta à son père. Manuel enleva son béret avec un sourire intimidé. Le diplomate contempla ses biceps avec la même admiration que les tableaux.

— Quelles sont les conditions de vente de ces toiles ?

Manuel se tourna vers Justin.

— Tu as plu à mon grand-père. Si elles sont pour toi, il veut que tu les aies à un prix d'ami. Mais je ne peux pas les vendre moins cher qu'au marchand d'Ipanema.

Les promesses de modération introduisaient en général des demandes exorbitantes. Justin se prépara au pire, Manuel continua.

— J'ai demandé l'avis d'Edson. Il a suggéré un chiffre.

Justin fronça les sourcils :

— Edson n'y connaît rien en peinture.

— Il m'a toujours donné de bons conseils.

François D. s'impatientait :

— Combien pour un tableau ?

Manuel indiqua un prix bas jusqu'au ridicule. Justin ouvrit la bouche. Son père le chassa de la main comme une mouche importune.

— Retourne admirer les toiles pendant que nous parlons argent.

Justin s'éloigna, agacé. Le consul s'assit à la table du triumvirat. Manuel hésita, puis l'imita. Ils se mirent à parler. Justin se posta devant son tableau préféré, le 147, le dernier de la série, un panorama de la *favela* vue du ciel, comme si le peintre avait déjà pris son envol vers un monde meilleur. Il n'était pas en état de l'apprécier : son père était capable de se comporter en *gringo* arrogant et tout gâcher. Son regard louchait de la toile vers la table : une serviette en papier circulait entre son père et Manuel, ils y écrivaient à tour de rôle et parlaient d'une voix trop posée pour que Justin les entende.

Quand le consul le rappela d'un geste de la main, lui et Manuel souriaient.

— J'ai acheté tout le lot.

Justin resta stupide.

— Les seize ?

— Cinq pour toi, cinq pour moi, et les six derniers pour nous deux, mais en prêt au consulat pour égayer ses murs plus déprimants qu'un hiver à Victoriaville.

Il s'assit et demanda le prix de vente.

— Les termes de mon accord avec Manuel sont confidentiels, mais j'ai négocié dur et ton ami a cédé. Vu la santé de son grand-père, il a accepté de hausser ses prix jusqu'au solde de mon allocation pour la décoration de l'appartement. Nous n'aurons plus à acheter d'horreurs.

Justin se tourna vers son père. Pour une rare fois, il lui apparut comme un spécimen presque récupérable de l'espèce adulte. Il faillit l'embrasser, puis se contenta de remerciements oraux. Manuel promit de décrocher les toiles le soir même et les apporter dès le lendemain à l'*edifício* San Marco.

—*Filho meu*, nous venons de faire fortune à notre insu.

Justin en doutait et s'en moquait. Si l'achat des tableaux se révélait une bonne affaire, c'était d'abord une bonne action : Beto ne finirait pas à la rue. La transaction avait ouvert l'appétit de Justin. Ils quittèrent l'établissement d'Edson en direction de celui de son père.

Eduardo Ribeiro Neto avait racheté la *lanchonete* 21 cinq ans plus tôt et l'avait remise dans l'état où il l'avait trouvée, encore gamin, le matin de son premier service. Depuis, il s'y replongeait à l'improviste dans ses années de jeunesse, par nostalgie ou pour se féliciter d'en être sorti. Il était ce soir à la caisse et accueillit ses deux visiteurs d'un large sourire.

Ils dînèrent de *petiscos* à leur table attitrée. Après deux *cafezinho*s, François D. sentit le besoin de parler pour dire quelque chose.

—Je vois toujours Iara en dehors des cours.

Justin suça la cuillère de sa mousse au *limão* pour ne pas sourire aux illusions de son père sur la discrétion de sa liaison.

— Je voudrais cesser, mais comment ?

— Invente une excuse, tu es diplomate.

— Encore faudrait-il qu'elle soit bonne.

Justin feignit un effort d'imagination.

— Dis-lui que ton ministère a eu vent de vos sorties et te demande de ne plus la voir.

— Pourquoi ?

— Elle fréquente trop de diplomates dans trop de consulats.

Son père s'effraya.

— C'est vrai ?

Justin haussa les épaules.

— Ton ministère au moins le pense et craint que tu commettes une indiscrétion.

— À propos de quoi ?

— Je n'en sais rien, tu n'en commets pas avec moi.

— Elle demandera ce que craint le ministère.

— Par définition, tu ne peux pas le révéler.

— Ça ne tient pas la route.

— Dis-le lui si tu veux, puis ajoute que tu dois obéir et qu'ils la prennent pour une reine de l'espionnage. Elle sera flattée.

— Un avatar de Mata Hari ?

— Connais pas.

— Les Français l'ont fusillée durant la Première Guerre mondiale.

— Parfait. En plus d'être flattée, elle aura peur.

François D. réfléchit en cherchant la *conta*, puis se

rappela qu'ils avaient table ouverte.

—Tu pourrais même rompre par lettre, afin qu'il y ait une trace dans les dossiers.

Le consul hésitait toujours.

—C'est tiré par les cheveux.

—Sinon, j'ai plus simple. Dis que j'ai menacé d'en parler à maman.

Son père eut un haut-le-cœur.

—Tu plaisantes? Je veux dire, tu ne l'as pas fait?

Justin secoua la tête.

—Tu y songes?

—Sait-on jamais.

—Ça ne te gênerait pas de porter le chapeau vis-à-vis de Iara?

—Je me ferai une raison. À une condition. Tu me préviens d'abord.

Le consul s'épanouit.

—Promis, juré, parole d'ancien scout... Je dors deux, trois nuits sur tes mensonges, puis je me décide. Ce n'est pas à vingt-quatre heures près.

—Ton ministère pourrait s'impatienter.

Ils se levèrent et saluèrent Eduardo Ribeiro Neto. Alors qu'ils descendaient vers l'océan, François D. prit son fils par l'épaule.

—Le proviseur de ton collège de Gatineau avait peut-être raison, Justin. Pour les plans tordus, tu es surdoué.

• • •

Le mardi suivant, la partie de *futebol* sur le terrain de sports du lycée fut remplacée par des interrogations orales d'histoire. Comme pour les mathématiques, Justin fut dispensé.

À dix-sept heures, il se trouva une fois de plus face à l'entrée du collège Machado de Assis. Il l'observait du trottoir opposé, son téléphone cellulaire à la main. La classe de Xuxa n'apparaissait pas. Il se demanda si son emploi du temps aussi avait été modifié, puis des élèves sortirent au compte-gouttes. Il reconnut certaines de ses camarades. Xuxa franchit la porte parmi les dernières. Ses amies habituelles l'entouraient. Xuxa les dépassait d'une demi-tête, elle dominait aussi la conversation. Elles discutèrent quelques minutes sur le trottoir. De l'autre côté de la rue, Justin avait placé son appareil en mode vidéo et filmait par acquit de conscience. Le groupe glissa vers le premier coin de rue. Les filles s'y séparèrent. Xuxa continua seule. Justin la suivit de loin, toujours du trottoir opposé, les yeux sur l'écran de son appareil. Deux silhouettes floues y firent irruption. Il crut à un mauvais rêve et leva les yeux. Sans le zoom, l'action lui parut encore plus lointaine et confuse. Justin courut dans sa direction, puis se remit à filmer, abrité derrière le capot d'une camionnette.

Deux jeunes avaient acculé Xuxa contre un des amandiers de la rue. À cette distance, il n'y avait aucun doute. Ils portaient les mêmes guenilles, c'étaient le grand et le petit, le calme et le fou furieux, qui l'avaient agressé, avec Márcia. Le grand plaquait les épaules de Xuxa contre le tronc, le petit lui tordait un poignet. La fille se débattait avec la vigueur de la mère. Comme alors, le grand parlait, le petit ricanait. Les passants les ignoraient ou faisaient mine de croire à une querelle entre amis. C'en était peut-être une. La résistance de Xuxa s'émoussa, elle ne tenta plus de se dégager. Le grand parlait toujours, comme s'il lui faisait la leçon. Elle baissait la tête, soumise, puis la releva et acquiesça.

Justin filmait toujours, trop curieux de connaître la suite pour intervenir. Les deux voyous relâchèrent leur prise et s'écartèrent. Ils ne lui avaient rien dérobé. Le petit décocha en guise d'au revoir deux coups de poing dans ses côtes. Xuxa leva en retour sa jambe droite et le frappa à pleine puissance du talon dans l'abdomen. Sa victime se plia en deux, puis se redressa, un rictus haineux aux lèvres. Une lame brillait dans sa main gauche. Le grand riait, il saisit le bras du petit et le retint. Ils tournèrent le dos à Xuxa et, sans se presser, disparurent dans une galerie marchande. Xuxa se massa les côtes, puis se remit en marche. Après quelques pas, elle s'arrêta, traversa la rue et revint en arrière. Justin se jeta dans une boutique de souvenirs. Elle passa devant la vitrine, il se remit à la suivre. Elle tourna sur l'*avenida* Atlântica et marcha jusqu'à l'*edifício* San Marco. Elle entra. Justin traversa l'avenue et s'assit sur un banc. Xuxa avait été attaquée par les mêmes *rapaz*es que Márcia et lui. Il était mainte-nant certain d'avoir eu raison, ils connaissaient Márcia et elle les connaissait.

Xuxa ressortit après vingt minutes. Justin ne la suivit pas. Il voyait un seul lien possible entre la paire de
voyous, Márcia et Xuxa: Evaldo, le demi-frère de Márcia.
Justin retraversa l'avenue et monta à la *cobertura*. La
porte de la cuisine était fermée, il n'entra pas et alla
dans sa chambre. Il prit dans le tiroir de son bureau
son cahier de français, il y avait caché la copie du dossier
de détention du demi-frère de Márcia. La seconde page du
document incluait un résumé du procès: l'accusé avait
plaidé la légitime défense, sa victime l'avait agressé
pour une cause qu'il ne pouvait révéler. Le juge ne l'avait
pas cru.

Chapitre 5
O jeito

Ses cuisses le brûlaient. Il arrêta sa course et se mit à marcher. Il retrouva son souffle et en partie ses esprits. Il arriva à la plage les idées un peu mieux en ordre et descendit sur le sable vers le bord de l'eau. La combinaison fluorescente d'Edson lui servait de phare, il vit aussi João, tous deux aux aguets, à califourchon sur leurs planches, parmi d'autres chasseurs de vagues. Justin s'arrêta à l'orée de l'écume, son sac à dos sur l'épaule. Il agita les bras et leur cria de le rejoindre, ils n'entendirent rien.

Edson s'élança le premier, sur le mauvais rouleau. Justin sourit. La vague le surprit accroupi et retira la planche de sous ses pieds. Il valdingua dans les airs et retomba en vrac. Un tourbillon d'écume le brassa aux pieds de Justin. Sa planche le rejoignit comme un chien fidèle. Edson se releva, cracha un mélange d'eau et de sable, puis sourit de toutes ses dents.

— Géant.

— Ne repars pas, j'ai quelque chose à vous montrer.

— Ça ne peut pas attendre?

— Il y en a pour une minute.

João s'élança à son tour, sa vague le déposa à bon port, debout sur sa planche, à quelques mètres. Il les rejoignit. Edson le regarda avec un peu d'envie.

— Tu ne choisis que les faciles.

— C'est le secret du surf.

Justin avait sorti son téléphone de son sac à dos.

— Regardez.

Le soleil éblouit l'écran. Ils remontèrent jusqu'au cocotier à l'ombre duquel Justin aimait s'installer. Il s'assit sur le rebord de la promenade, Edson et João l'encadrèrent, dégoulinants et pleins d'une odeur de sel. L'écran montra une rue où marchait de dos une adolescente dégingandée.

— C'est Xuxa?

Justin fit signe à Edson que oui.

Deux *rapazes* apparurent de face, au loin sur le trottoir, puis approchèrent. Un adulte les rejoignit. Ils se mirent sur le passage de Xuxa. Elle les vit et fit demi-tour. Un minibus s'interposa devant l'objectif et l'effaça de l'écran, puis s'arrêta. L'image tressauta et contourna le véhicule. Xuxa réapparut. Les deux *rapazes* et l'adulte étaient presque sur ses talons. Le minibus l'empêchait de traverser la rue. Deux hommes jaillirent de sa porte latérale et la saisirent par les bras. Les garçons et l'adulte se précipitèrent et la poussèrent dans le véhicule. Le minibus bondit devant l'objectif, puis disparut dans l'*avenida* Atlântica. L'écran devint noir.

João se tourna vers Justin.

— Quand est-ce arrivé?

— Il y a moins d'une demi-heure.

Edson sourit sans gentillesse.

— Je croyais que tu avais cessé de veiller sur elle?

Justin était assez bronzé pour ne plus rougir.

— J'ai repris depuis l'accrochage de jeudi dernier et je ne veille pas sur elle, je la surveille.

João essuya une goutte d'eau qui lui coulait dans l'œil.

— Elle devra peut-être une fière chandelle à ta surveillance. Que veux-tu faire?

— Je me le demande.

— Et tu nous le demandes?

— Aussi.

Edson fit la moue.

— Tu veux nous priver des meilleures vagues de l'année?

— Je ne vous force pas.

Edson suivit de mauvaise grâce João au bout de la promenade. Ils donnèrent leurs planches au maître-nageur de l'hôtel Acapulco, qui les entreposait avec ses parasols, puis se douchèrent et s'habillèrent dans le vestiaire de la piscine. Justin les attendit à l'ombre de son cocotier, puis ils gagnèrent ensemble leur quartier général du Tip Top Fast.

— Montez, j'arrive.

L'espace *lounge* était vide, dix copies géantes et numérotées du portrait dédicacé du prince William avaient remplacé les toiles de Beto sur les murs. Justin et João s'assirent à leurs places. Edson monta à son tour, un ordinateur portable sous le bras.

Une employée apporta des boissons. Ce n'était pas Silvia, elle aussi avait disparu, c'était une mauvaise semaine.

— Un moins que rien d'une agence de mannequins l'a embobinée, elle reviendra en janvier me manger dans la main.

João acquiesça avec indifférence, Justin éprouva des regrets sincères.

— Donne-moi ton téléphone.

Edson le brancha sur l'ordinateur et y transféra la séquence vidéo. La scène défila à nouveau, à vitesse normale, sur l'écran plat de l'ordinateur. Edson la repassa au ralenti, puis gela l'image sur les *rapaz*es. Il l'agrandit et travailla sa netteté. Les deux silhouettes se précisèrent : un petit noir aux cheveux décolorés et un grand blanc maigre coiffé en hérisson

— Tu es sûr qu'il s'agit bien de ceux qui t'ont agressé avec Márcia ?

— Et ont cherché des ennuis à Xuxa jeudi dernier. Certain.

Edson manipula à leur tour les images de l'adulte. Il était inconnu de Justin : la trentaine, les yeux fendus et le teint argile des Indiens ou des *caboclos*. Les deux hommes sortis du minibus apparaissaient de dos, à peine un instant.

À la demande de João, Edson figea encore une fois les images du minibus. Blanc, avec une porte latérale coulissante, comme presque toutes les navettes qui, avec ou sans autorisation, reliaient via l'*avenida* Atlântica du centre de Rio aux faubourgs sud.

La plaque d'immatriculation était sale ou maquillée, en tout cas illisible ; le chauffeur invisible derrière les vitres teintées. Edson agrandit encore l'image. Ils déchiffrèrent, au fronton du véhicule, sa destination officielle : « Recreio dos Bandeirantes ».

Edson ferma l'écran de l'application vidéo. Justin regarda ses amis, ils semblaient aussi peu inspirés que lui.

— Vous me proposez quoi ?

Edson lui retourna la balle.

— Tu étais sur place. Ta réaction sur le coup ?

— Prévenir la police.

— Tu t'es ravisé. Pourquoi ?

Justin haussa les épaules.

— Pour ne pas avoir à expliquer ce que tu faisais là et pourquoi tu filmais ?

— Peut-être.

— Quand tes boutons de manchette ont disparu, tu

n'as pas non plus appelé la police.

— Un vol, c'est moins grave qu'un enlèvement.

Edson croisa les mains sous son menton.

— Si c'est un enlèvement et pas juste une mauvaise plaisanterie. Xuxa est peut-être déjà libre, comme la semaine dernière.

— Donc, nous ne faisons rien ?

— Si. Lavons-nous les mains. L'affaire ne nous concerne pas. Raconte tout à ton père, depuis l'agression au retour du marché jusqu'au vol des boutons. Márcia a un demi-frère en prison, une fille voleuse, changez de femme de ménage.

— Tu es si pressé de retrouver les vagues ?

— Je suis juste raisonnable.

Justin retint un rire méchant.

— Depuis quand ?

— Depuis que tu ne l'es plus.

— Je le suis, mais je suis encore plus concerné. Si Xuxa a été enlevée, nous ne pouvons pas rester les bras croisés. Fais une proposition... raisonnable.

— Avertis Márcia.

— Ça ne suffit pas.

— Pour moi si.

— Pour moi non.

— Pourquoi ?

Justin se le demandait chaque jour : pour se venger du mépris que Xuxa lui avait manifesté ? Pour la secourir contre son gré ? L'humilier ?

— Par curiosité. Je veux comprendre, pas toi ? Pour-quoi Xuxa m'a-t-elle volé ? Où est passé son butin ? D'où sortent les *assaltantes* ? Pourquoi cet enlèvement ? Quel rapport avec le vol ? Si nous nous lavons les mains main-tenant, nous jetons aussi à l'eau toutes nos recherches depuis plus d'un mois.

— Il suffit de te voler des boutons de manchette pour t'envoûter ?

Manuel apparut en haut de l'escalier. Il prit une chaise et s'assit à leur table.

— J'étais à l'hôpital. Vous vouliez me parler ?

— Comment va ton grand-père ?

La question échappa à Justin avant qu'il réalise sa profonde bêtise : les nouvelles d'un mourant sont rare-ment bonnes. Manuel fit semblant de ne pas l'entendre. Il regarda deux fois la vidéo sur l'ordinateur, puis releva les yeux vers Justin : « Ce sont les deux *rapaz*es dont tu m'avais parlé ? »

Justin acquiesça.

— J'ai essayé de me renseigner. Un gardien du *Pão de Açúcar* sur Nossa Senhora de Copacabana m'a dit que ce sont des voyous de la *favela* de São Conrado, mais il n'en était pas sûr. Avec cette vidéo, il pourra peut-être le confirmer.

Edson repassa encore les images de l'homme qui les accompagnait. Manuel continua à secouer la tête : il ne le connaissait pas, puis redescendit garder la porte du restaurant.

Justin résuma à nouveau leur problème.

— Et maintenant?

João le résolut à court terme.

— Quoi que nous décidions, il faut prévenir Márcia.

Ils prirent Manuel et l'ordinateur portable avec eux et firent un crochet par le supermercado *Pão de Açúcar*. Le gardien qu'ils cherchaient était de service. Il regarda les images des deux *rapaze*s sur l'écran informatique.

— *Sem dúvida. O magrão e o pretinho, Bota e Fogo, porque são torcedores do Botafogo e botar fogo é o que fazem melhor* [24].

Justin continua avec Edson et João jusqu'à la *cobertura*. Ils trouvèrent Márcia dans la cuisine. Elle roulait une pâte à tarte, son sourire accentua le malaise de Justin.

— Tu peux venir dans le salon, *por favor*?

Elle essuya ses mains blanches de farine sur son tablier, puis les suivit sans question. Avec une gravité d'ordonnateur de pompes funèbres, Justin lui indiqua un fauteuil. Elle s'assit, toujours souriante mais intriguée, comme se demandant quel tour ils lui jouaient. Justin plaça l'ordinateur portable entre ses mains et enclencha la lecture vidéo, puis s'accroupit à ses côtés. João et Edson s'appuyèrent au rebord de la table, face à eux.

Márcia vit les deux *rapaze*s et ne sourit plus. Devant l'homme au faciès d'Indien, elle sursauta. Lorsque le

---

[24] Pas de doute. Le grand maigre et le petit noir, Bota et Fogo, car ils sont partisans du *Botafogo* et mettre le feu, c'est leur spécialité.

minibus disparut une fois de plus sur l'*avenida* Atlântica, sa main et sa voix tremblaient.

— C'est arrivé quand ?

— Tout à l'heure, à la sortie du collège.

— Que faisais-tu là ?

Justin se mordit la lèvre.

— J'allais rejoindre João et Edson à la *praia do Arpoador*. J'ai vu les deux garçons qui nous avaient agressés. Je les ai suivis. Quand ils se sont arrêtés devant l'école de Xuxa, j'ai trouvé ça bizarre. J'ai attendu.

— Pourquoi tu ne m'as-tu pas prévenue tout de suite ?

Deux mains innocentes battirent l'air.

— J'ai couru derrière le minibus. Il a disparu dans l'avenue Rainha Elizabeth de Bélgica. J'ai continué jusqu'à la plage pour retrouver João et Edson...

Márcia acquiesça sans colère, puis tourna les yeux vers les amis de Justin, comme vers un espoir de bon sens.

— Vous avez averti la police ?

— Non.

Elle parut soulagée. Justin tira à lui une chaise et s'assit près d'elle.

— Tu dois nous expliquer, Márcia. Les deux voyous nous ont agressés, toi et moi. Maintenant, ils aident des bandits qui emmènent Xuxa. Pourquoi ?

Il lui parlait comme à une enfant. Il s'en voulait et se sentait ridicule, sans réussir à changer de ton.

— Je ne sais pas.

— Tu ne peux plus prétendre que tu ne connais pas les agresseurs et qu'ils nous ont attaqués par hasard. Que voulaient-ils?

— Comme toujours, de l'argent.

— Aujourd'hui, qui était l'Indien avec eux?

Elle secoua la tête.

— Dis la vérité. Tu l'as reconnu.

Justin insista avec mollesse et maladresse, il s'exaspérait lui-même. Edson se décolla de la table.

— Donne-moi ta place.

Justin lui laissa sa chaise, Edson la déplaça pour s'asseoir face à Márcia.

— Márcia, deux *rapaz*es qui travaillent pour le gang de la *favela* de São Conrado vous agressent avec Justin, puis enlèvent votre fille. Vous avez un demi-frère en prison pour tentative de meurtre sur un membre du même gang de São Conrado.

Márcia chercha des yeux l'aide de Justin. Il lui tournait le dos et fixait, bras croisés, la toile *147* de Beto, accrochée entre deux étagères.

— Vous répétez que vous ne savez rien. C'est votre droit, ce sont vos problèmes, mais Justin pense que ce sont aussi les siens. Il veut vous aider. Refusez son aide, il racontera tout au consul. Vous serez sans emploi et vous devrez répondre à la police, pas à nous.

Márcia se mit à parler d'une voix monocorde. Justin se rapprocha.

— Evaldo était un des agents à Copacabana du gang de São Conrado. Il prenait des paris pour eux, il a gardé une partie des sommes. Le gang s'en est aperçu, ils ont envoyé un homme récupérer l'argent. C'était l'Indien. Mon frère s'est défendu et l'a presque tué. Il est allé en prison sans avoir remboursé l'argent. Les gens du gang m'ont demandé de payer. J'ai commencé, peu à peu, mais depuis septembre, je n'y arrive plus. Ils m'ont menacée, puis Xuxa, et maintenant, ils l'ont enlevée.

Márcia se tut. Justin se pencha vers elle.

— Tu leur dois combien ?

Márcia murmura une somme, elle était énorme et dérisoire : six mois de son salaire, six mois de frais de scolarité au lycée Molière.

Elle les regarda à tour de rôle.

— Maintenant, qu'allez-vous faire ?

— Attendre un contact. Vous avez un téléphone ?

Márcia acquiesça en direction de João et sortit son appareil de sous son tablier. João n'osa pas le lui demander, de peur de montrer qu'il ne lui faisait pas confiance. Edson rompit le silence embarrassé avec une impudence goguenarde.

— Donnez-le-nous, nous attendrons l'appel sur la terrasse, la réception sera meilleure.

Márcia tendit l'appareil à Justin. Il lui proposa de rester avec eux, mais elle secoua la tête.

— Il faut que je m'occupe de la cuisine pour vendredi soir.

Justin avait oublié la réception; c'était un détail, il n'arrangeait rien.

Sur la terrasse, le ciel était bleu, mais l'air lui sembla lourd comme jamais. Edson et João le rejoignirent. Ils s'assirent autour de la table. Justin posa le téléphone de Márcia au milieu, comme une boule de cristal qui leur révélerait l'avenir. Son estomac gargouilla, Edson soupira.

— Moi aussi, j'ai un petit creux.

Justin se leva sans un mot et disparut dans l'appartement. Il revint avec une assiette de gros biscuits ronds à l'odeur de cannelle.

— Tu m'en veux, Justinho, d'avoir bousculé Márcia?

— Juste d'y avoir pris plaisir.

Edson haussa les épaules.

— Il fallait un volontaire pour le sale boulot. Tu veux le rôle du méchant?

— Je suis moins doué que toi.

— Alors, je peux continuer?

— Si tu n'en fais pas trop.

— Hypothèse optimiste. Márcia dit la vérité. Elle doit de l'argent à un gang. Elle ne peut pas payer. Le gang le sait. Il sait aussi où travaille Márcia et pour qui. Conclusion: pour revoir son argent, il ne compte pas sur Márcia mais, d'une manière ou d'une autre, sur toi ou ton père.

— L'hypothèse pessimiste?

— Les faux enlèvements sont en vogue. Je vole ton téléphone cellulaire et l'utilise pour appeler ton père. Je lui annonce t'avoir pris en otage. Il reconnaît le numéro d'appel et panique. Il paye la rançon sans vérifier que tu fais comme tous les jours la sieste au lycée français. L'enlèvement de Xuxa n'a été mis en scène que pour toi.

Justin sourit.

— Une chance que je sois passé dans la rue à l'heure de la représentation.

— Tu la harcèles depuis des semaines comme un paparazzi, ils ont eu le temps de te repérer.

— Même s'ils m'ont repéré?

— Márcia et Xuxa escamotent tes boutons de manchette, tu ne dis rien. Difficile de résister à l'envie de recommencer. Tombe encore dans leur panneau et il y en aura toujours de nouveaux. Elles te plumeront sans fin avec ta bénédiction.

Justin évita de répondre à Edson ou ils se seraient querellés pour de bon. Il se tourna vers João.

— Qu'en penses-tu?

Il désigna le téléphone de Márcia.

— Attendons qu'il sonne.

L'appel se produisit une demi-heure plus tard. Edson saisit l'appareil et lut à haute voix le numéro du correspondant. Justin le nota sur une feuille d'essuie-tout. Ils entendirent le message de Márcia puis la voix de Xuxa: «Maman, c'est moi, rappelle» et la communication fut coupée.

Justin retourna dans la cuisine, une bonne odeur de pâtisserie sortait du four. Márcia le suivit sur la terrasse.

Edson lui rendit son téléphone, elle sourit à la voix de sa fille, puis un peu plus au numéro noté par Justin.

— C'est le sans-fil de Xuxa.

Justin craignit une libération qui aurait donné raison à Edson.

— Justinho, tu peux me prêter tes écouteurs ?

Ils étaient dans son sac à dos, dans le salon. Justin se leva à nouveau. À son retour, Edson donnait ses dernières instructions à Márcia.

— N'oubliez pas, vous ne savez rien de l'enlèvement.

Elle sembla près de lui dire qu'elle n'était pas idiote, puis, une fois de plus, se soumit. Justin transmit pour elle le message à Edson.

— Ne traite pas Márcia comme une imbécile, fenomeninho.

— Maintenant, tu m'appelles toi aussi fenomeninho, Justinho ?

— Tu le mérites... Tiens, mes écouteurs.

Edson les brancha sur le téléphone de Márcia, il prit une oreillette et donna la seconde à Márcia. Elle appela le numéro de Xuxa. La conversation se réduisit pour Justin et João à la partie émergée d'un iceberg sonore : Márcia écoutait beaucoup et parlait peu. Elle répéta une seconde fois qu'il n'y avait pas d'argent dans l'appartement et qu'elle ignorait le numéro du coffre, puis la communication s'acheva. Márcia reposa l'appareil sur la table, Edson se tourna vers elle.

— Que comptez-vous faire, Márcia ?

—Libérer ma fille.

—Comment ?

—*De qualquer jeito* [25].

Edson et Márcia retirèrent leurs oreillettes. Márcia retourna en cuisine, Edson résuma l'appel à Justin et João.

—Les gens du gang veulent venir ici demain après-midi. Xuxa leur servira de laissez-passer auprès des portiers. Ils espèrent trouver dans l'appartement de quoi rembourser les dettes d'Evaldo.

—Márcia a dit la vérité, il n'y a pas d'argent ici.

—Alors, ils se paieront autrement qu'en argent.

Justin pensa aux toiles de Beto, la guitare Les Paul Deluxe de son père, ses disques de vinyle.

—La suite ?

—Ils rappellent dans une heure. Márcia leur dira si elle accepte.

—Si elle refuse ?

Edson grimaça.

—Sa fille passera une mauvaise nuit.

Justin n'en demanda pas les détails, son regard se porta vers João.

—Tu en penses quoi ?

—C'est toi qui habites ici. Que veux-tu faire ?

—Nous sommes de retour à la case départ : prévenir la police ?

---

[25] N'importe comment.

Edson secoua la tête.

— Surtout pas.

— Pourquoi ?

— Explique-le, João.

João posa les coudes sur la table et se pencha vers Justin.

— Nous prévenons la police, elle attend Xuxa et ses ravisseurs dans l'appartement, Xuxa est libérée, ils sont arrêtés. C'est ton plan ?

Justin fit signe que oui.

— Ça ne règlerait rien, ce serait juste partie remise. Márcia devrait toujours l'argent, il y aurait d'autres menaces, un nouvel enlèvement ou pire. Le gang ne peut perdre la face ni accepter que la police se mêle de ses affaires. Au lieu de sauver Márcia et Xuxa, tu les mettrais davantage en danger.

Edson reprit la main, sans sarcasmes.

— Je pourrais te prêter, sur la caisse de Tip Top Fast, quelques centaines de *reais* à donner demain aux ravisseurs, ça ne servirait à rien non plus. Chaque semaine, tu devrais recommencer. Chaque jour, à ton retour à l'appartement, tu craindras de le trouver vidé. Et un jour, il le sera, car Márcia risquera beaucoup moins à s'attaquer à toi ou ton père qu'à résister à un gang.

— Mais je saurai qui l'a vidé et Márcia et Xuxa paieront pour les criminels qui les menacent.

Edson sourit.

— Si tu retrouves Márcia ligotée avec une grosse bosse

au front et qu'elle dit avoir été agressée, tu la mettras dans le camp des coupables ou des victimes?

Justin ne répondit rien.

— Et si Márcia ne mise pas sur ta compassion, Xuxa et elle auront vite changé d'adresse et trouveront que c'est un petit prix pour la paix. Je préférerais cent fois devoir te fuir, Justinho, ou même la police, plutôt qu'un gang.

— Donc?

— Retour à ma case départ: raconte tout à ton père et séparez-vous de Márcia.

Justin sourit tout seul. Son père était au moins aussi candide que lui. Il volerait au secours de Márcia; en tout cas, il ne s'en séparerait pas d'ici vendredi.

— Qu'en penses-tu, João?

De l'autre côté de la table, lui aussi esquissa un sourire, d'une douceur ironique.

— Edson a raison. Ce qu'il dit est juste. Et inutile. Ce n'est pas ce que tu souhaites, Justin, donc pas ce que nous ferons. À mon avis, ce n'est même pas ce dont Edson a envie.

— De quoi ai-je envie, *monginho*?

— Faire une bêtise, comme Justin et moi, mais pouvoir dire, si elle tourne mal, qu'elle n'est pas de toi.

— Quel genre de bêtise?

— Nous connaissons le plan des ravisseurs, ils l'ignorent. Demain après-midi, nous n'avons pas cours. Préparons-nous à les recevoir.

· · ·

Justin guida João et Edson dans l'étroit passage. Il déverrouilla la grille avec sa clé et ils traversèrent la cour intérieure qu'il voyait de sa chambre. L'immuable odeur de chou sortait des cuisines du restaurant Lucas. Justin précéda João et Edson vers l'entrée de service de l'*edifício* San Marco. Il pointa du doigt la caméra vidéo qui la surplombait, ses amis évitèrent son champ. Justin sonna à l'interphone, la porte s'ouvrit avec un déclic. Ses amis se glissèrent derrière lui. Ils grimpèrent une volée de marches et pénétrèrent dans l'immeuble. Justin indiqua l'escalier de service à Edson et João, puis se dirigea vers la réception. Pedrinho s'était levé et lui tenait la porte de l'ascenseur.

Justin attendit ses amis sur le palier du douzième étage. João apparut le premier, suivi de loin par les soupirs d'Edson.

— Toutes ces marches par peur que l'immeuble soit surveillé ?

— Ce n'est pas toi qui disais que ce gang était redoutable ? Autant leur cacher notre comité de réception.

Une odeur de noix de coco les accueillit dans la *cobertura*. Márcia cuisinait des *quindins* pour la soirée de vendredi.

— Rien de neuf ?

Elle secoua la tête. La veille, lors du second appel, il avait été convenu que Bota et Fogo arriveraient à quatre heures, seuls avec Xuxa. Elle les présenterait à la réception comme des amis, ils venaient aider à vider l'appartement de vieux vêtements.

João sortit sur la terrasse et s'allongea dans un hamac. Il ferma les yeux.

— Tu dors ou tu pries, *monginho* ?

— Je me relaxe, *fenomezinho*. Tu devrais en faire autant.

Edson s'en sentait incapable. Il retourna dans le salon et tenta de détendre ses nerfs devant les tableaux de Beto. Justin le rejoignit.

— C'est vrai qu'ils ont meilleure mine ici que sur les murs de ma galerie.

— Espérons qu'ils seront encore là ce soir.

— Les gangs des *favelas* ne sont pas très portés sur l'art.

— Pourquoi as-tu conseillé à Manuel de me les vendre si peu cher ?

Edson haussa les épaules.

— Parce que tu en avais envie.

— C'était une suggestion ou un ordre ?

— Une suggestion, mais Manuel suit les miennes au doigt et à l'œil.

— Pourquoi ?

— Je trahirais ma parole si je te le révélais, mais dis-toi qu'au Brésil, pour les bêtises, il n'y a pas d'âge.

— Et Manuel en a commises ?

Pour une fois, Edson ne répondit pas.

À quinze heures, Justin redescendit dans la cour

intérieure. Manuel attendait dans le passage, un sac de sport à ses pieds. Il lui ouvrit la grille et l'introduisit à son tour dans l'immeuble ni vu ni connu. Quand l'ascenseur atteignit le douzième étage, Manuel l'accueillit sur le palier, la langue pendante.

Dans la salle de séjour, Edson se rongeait les ongles.

— Tu as des nouvelles de mon ami Robert?

Justin plissa le front.

— Lundi, il avait déniché des boutons de manchette de Dom Pedro II[26]. Le lendemain, il m'appelait pour une paire de Getulio Vargas[27].

— Rien sur les tiens?

— Non, mais je suis à court d'excuses pour refuser les siens.

— Si nécessaire, je suggérerai à ma belle-mère d'en offrir à mon père pour Noël.

— Elle aussi t'obéit au doigt et à l'œil?

À quinze heures trente, João sauta au bas de son hamac et Márcia quitta sa cuisine. Tous se réunirent dans le salon. João confirma le rôle de chacun. Justin et Edson avaient pour mission de se tenir hors des pattes de leurs compagnons. Justin n'avait pas protesté: son bras droit pouvait le trahir au pire moment.

Manuel tira de son sac de sport un pistolet et le passa dans la ceinture de son jean. Justin vit rouge et le dit à Edson.

---

[26] empereur du Brésil de 1840 à 1889
[27] président du Brésil de 1934 à 1945 et de 1951 à 1954

— C'était notre accord. Pas d'arme à feu.

— Ce n'est pas une arme à feu, mais à électricité.

— Légale ?

Edson sourit.

— Presque. Tous les gardes de Tip Top Fast en possèdent et la police ferme les yeux. Ça ne fait des trous ni dans la peau, ni dans les murs.

— Parfois, ça tue.

— Même le surf tue.

L'interphone sonna à seize heures vingt, la ponctualité des malfaiteurs s'inscrivait dans la médiocre moyenne brésilienne. Márcia répondit, tandis que Justin et Edson examinaient à l'écran de la télévision du salon les images des caméras de surveillance. Xuxa se tenait dans le hall d'entrée entre Bota et Fogo, un grand sac de voyage à la main. Justin acquiesça en direction de Márcia. Edson changea de chaîne. À l'écran, la cabine d'ascenseur remplaça la réception. Fogo appuya sur le bouton du douzième, puis parla à Bota, mais les images étaient muettes. La montée sembla interminable à Justin. Fogo poussa enfin la porte de l'ascenseur. Justin prévint Márcia.

— Le petit sort en premier.

La sonnette de l'appartement retentit. Márcia disparut dans le vestibule. Justin éteignit la télévision, Edson le tira vers la terrasse.

Fogo entra en éclaireur dans l'appartement. Bota resta sur le palier ; embusqué derrière Xuxa, il l'immobilisait d'un bras passé autour de son cou. Márcia s'effaça dans la cuisine. Fogo avança de quelques pas dans le vestibule. Bota poussa Xuxa dans le dos, ils franchirent la porte de l'appartement. Bota tenta de la refermer du pied, mais Manuel surgit du palier et déchargea son arme à bout portant dans ses reins. Bota hurla et s'effondra sur Xuxa, Fogo se retourna en sursaut. João jaillit du couloir des chambres et le saisit par derrière.

Sur la terrasse, Justin et Edson entendirent des bruits confus, puis la voix toujours douce de João.

— Vous pouvez venir.

Ils traversèrent le salon et butèrent dans le vestibule sur Fogo, à genoux, qui leur tournait le dos. João achevait de lui lier les mains. Devant la porte entrouverte de l'appartement, Bota était allongé sur le ventre, agité de spasmes. De la bave coulait de sa bouche. Manuel le regardait avec inquiétude. Márcia et Xuxa se tenaient serrées l'une contre l'autre sur le seuil de la cuisine.

Justin contemplait Bota, Edson lui parla à l'oreille.

— Ça arrive parfois. Dans cinq minutes, il sera debout.

Les convulsions s'atténuèrent. Manuel se pencha sur sa victime et lui lia à son tour les mains dans le dos, puis l'aida à se relever. Edson regarda sa montre et sourit à Justin.

Sur la terrasse, Fogo glapissait des gémissements hystériques. Manuel y poussa Bota, puis fouilla les deux prisonniers et trouva dans leurs poches deux couteaux à cran d'arrêt.

Bota demanda à boire. João lui apporta un verre d'eau. Il lui essuya la bave des lèvres, puis l'aida à l'avaler.

Justin voyait ses anciens agresseurs à sa merci, mais n'y prenait aucun plaisir : il aurait aimé jouir de sa revanche, se félicitait cependant d'en être incapable. Bota et Fogo s'étaient faits beaux comme pour une noce. Ils avaient abandonné leurs guenilles contre des chaussures de sport, des jeans et des chemises Lacoste rouges, Fogo avait remisé ses lunettes noires. Il les imagina préparant leur cambriolage à l'*edifício* San Marco par des vols à l'étalage et ressentit un peu de peine.

Márcia et Xuxa s'étaient déplacées dans le salon. Xuxa était prostrée dans une causeuse, la tête enfouie dans ses mains, genoux serrés. Assise sur l'accoudoir, Márcia lui massait la nuque. Contre toute évidence, elle sourit à Justin que tout allait bien.

Manuel prit Fogo, puis Bota par les épaules et les assit sur les deux hamacs. Fogo pleurnichait toujours, un peu de morve lui coulait du nez. Bota lui cria d'arrêter, puis défia d'un regard crâne Justin, João et Edson, debout devant lui, épaule contre épaule.

— *E agora* [28] ?

Si João était le stratège, Edson était le négociateur.

— Nous avons l'embarras du choix. Le plus simple. Un coup de téléphone à la police. Elle vient et vous emmène.

---

[28] Et maintenant ?

Fogo arrêta de gémir et renifla, Bota ricana : « Et dans deux jours, nous sommes dehors. »

— Pour un enlèvement ?

— Quel enlèvement ?

— Tu veux voir le film ?

Bota sifflota d'admiration : « Tu entends, Fogo ? Nous sommes des vedettes. Si Xuxa nous a suivis contre son gré, pourquoi nous a-t-elle présentés au portier comme ses amis ? »

Manuel avait déballé sur le dallage de la terrasse le contenu de leur sac : une trousse à outils de perceur de petits coffres.

— Vous veniez bricoler ?

— Entre autres. À la demande de notre amie Xuxa. Qui prétendra le contraire ?

Il désigna de la tête Márcia et sa fille dans le salon.

— Elles étaient déjà dans de sales draps, vous aggravez leur cas et elles le savent.

Justin écoutait, avec au moins un motif de fierté : ses progrès en portugais ; il comprenait désormais presque sans difficulté la bouillie de mots de Bota.

Edson hocha la tête avec une moue convaincue.

— Tu es de bon conseil, Bota. Oublions le détour par la police. Autant vous renvoyer tout de suite les mains vides à vos patrons.

Le sourire de Bota subit une minuscule coupure de courant, puis se raccrocha à ses lèvres comme à une branche au-dessus d'un ravin.

— Vous mériterez au moins une promotion sur une voie de garage, peut-être encore mieux s'ils vous soupçonnent d'avoir imité le frère de Márcia et rempli vos poches à leurs dépens...

Les yeux de Fogo eurent à nouveau le tournis. Bota ajouta une note désolée à son sourire.

— Mais vos amies seront toujours dans d'aussi sales draps.

Edson hocha à nouveau la tête :

— Tu n'as pas tort. Donc... ?

Bota plissa les yeux sans comprendre. João acheva la pensée d'Edson.

— Donc, nous devons trouver le moyen d'inventer une solution.

Il regarda Fogo, puis Bota.

— Ce n'est pas votre avis ?

Fogo était hors d'état de penser, Bota avait été dressé à soupçonner un piège.

— Il n'y a qu'un moyen. Rembourser l'argent volé.

— Peut-être, mais comment ? Êtes-vous prêts à discuter ?

João promena son regard sur les deux garçons. Bota hésitait, comme un joueur de poker sur le point de miser trop gros. Dès qu'il répondit oui, Fogo acquiesça et ses yeux ralentirent leur ronde au fond de leurs orbites.

Sur un signe de tête d'Edson, Manuel s'approcha et délia les mains de Bota et Fogo.

Edson signala à Justin de le suivre.

—Allons dans ta chambre.

Il ferma la porte et s'assit en tailleur sur le lit. Justin s'appuya au mur.

—Tu veux toujours tirer Márcia et Xuxa d'affaire?

—Dans la mesure du possible.

Edson sourit.

—Ça ne veut rien dire.

Justin ne le nia pas.

—Écoute. J'ai peut-être une solution. Il y a un élève au lycée qui prêterait sans doute l'argent pour payer les dettes de Márcia et Xuxa.

—En quel honneur?

—Je t'expliquerai plus tard, mais fais-moi confiance. Il est un peu banquier.

—À qui prêterait-il l'argent?

—C'est toi qui veux être leur sauveur?

Justin chercha contre le mur un soutien à sa résolution.

—Je serais incapable de le rembourser.

Le sourire d'Edson s'accentua.

—J'ai eu une idée. Tu mérites des royalties sur la *torta do* Justin et la fondue québécoise. Tip Top Fast pourrait même te verser une avance sur les ventes.

—Et si la cuisine québécoise s'écrase comme un soufflé, tu m'envoies Manuel avec son pistolet électrique?

—Ou j'embauche Bota et Fogo pour récupérer l'avance.

Une ligne verticale creusa le front de Justin.

— Qui serait le vrai payeur des dettes de Márcia ? Toi ou moi ?

— Toi. Tu recevras tes royalties même si tu révèles tout à ton père et te laves les mains des problèmes de Márcia et Xuxa.

Toute la nuit dernière, Justin s'était retourné dans son lit. Sur le côté gauche, Márcia et Xuxa payaient les pots cassés par leur demi-frère et oncle ; sur le côté droit, elles manipulaient un candide imbécile qui tendait l'autre joue avant qu'elles le lui demandent : ses boutons de manchette avaient remboursé une partie de leurs dettes, il se portait volontaire pour le solde.

— Moi aussi, j'ai réfléchi. Xuxa pourrait me donner des cours de portugais. Elle ne toucherait rien, ses honoraires rembourseraient mon emprunt.

— Elle effacerait par son travail les détournements de son oncle et ta générosité ne te coûterait pas un sou ?

Justin murmura.

— Si Dieu le veut.

C'était le vœu pieux dont les Brésiliens usaient sans modération. Cerise sur le gâteau, sa bonne action le débarrasserait de Iara Campos. Si Xuxa était rémunérée au même taux horaire que son actuelle professeure, trente heures de cours équivaudraient au salaire mensuel de Márcia et à un sixième de leurs dettes. À quinze heures de cours par mois, une année remettrait les compteurs à zéro.

Márcia et Xuxa avaient quitté le salon. Justin entrouvrit la porte de la cuisine. Xuxa était assise, les mains serrées entre ses cuisses, le regard vide. Márcia travaillait toujours. Elle tourna la tête. Justin l'appela de la main et elle le rejoignit dans le vestibule. Il referma la porte de la cuisine.

— Xuxa accepterait de me donner des cours de portugais ?

— Pourquoi ?

Justin expliqua son plan, Márcia s'épanouit.

— Bien sûr qu'elle acceptera.

Justin se gratta la nuque.

— Tu ne veux pas lui demander son avis ?

— C'est une tête de mule, parce qu'elle tient de moi, mais elle fera un excellent professeur, qu'elle le veuille ou non.

Sur la terrasse, João et Edson, Bota et Fogo, s'étaient assis face à face autour de la table, comme deux paires de négociateurs. Manuel veillait du fond d'un hamac. Justin s'installa en bout de table et confirma de la tête à Edson l'accord de Xuxa.

Edson leva les yeux vers Bota et Fogo.

— Voilà notre proposition. La somme que vous réclamez vous sera versée en totalité, lundi. C'est le délai dont nous avons besoin pour la réunir.

Bota ricana à peine.

— Pourquoi nous vous ferions confiance ?

Les discussions s'enclenchèrent. Justin les écoutait

avec un sentiment d'irréalité. Il se trouvait assis à la même table que ses anciens agresseurs, presque du même côté. Comme un arbitre, il resta à l'écart des discussions. Elles furent longues, mais sensées. Leur issue heureuse prit les participants presque par surprise. L'arrangement convenu était moins tordu que les circonstances. Bota et Fogo convaincraient leurs patrons de patienter trois jours avant de voir la couleur de leur argent. Xuxa resterait d'ici là sous leur garde, ils garantiraient sa sécurité, Márcia pourrait la joindre en tout temps sur son téléphone.

La terrasse était passée à l'ombre, seules les eaux de la piscine se doraient encore au soleil. Bota demanda l'heure et grimaça quand Justin la lui donna : dix-huit heures passées ; en bas dans le minibus, leurs complices s'interrogeaient sans doute.

Edson tendit à Bota le téléphone de Xuxa.

— Explique-leur que Márcia avait dit vrai. L'appartement ne contient rien de valeur, mais son employeur est prêt à lui verser une avance pour solder ses dettes, dont il ignore l'origine. Affirme que c'est la meilleure solution : des billets usagés, ni délit, ni plainte.

Bota hocha la tête aux suggestions de João, puis se concentra, les yeux fermés. Après une minute de silence, il les rouvrit et appela. La communication fut tendue et prolongée. Quand Bota raccrocha, il soupira de soulagement, puis sourit.

— Ils ne sont pas enchantés, mais ne soupçonnent rien.

Manuel ressortit de son hamac pour appeler Márcia et Xuxa. À l'annonce de son retour pour trois jours au statut d'otage, Xuxa conserva son hébétude et son silence. Márcia chuchota un remerciement à l'oreille de Justin, puis retourna seule en cuisine.

Xuxa ignora le siège que lui proposait Justin et marcha en somnambule jusqu'à la rambarde où elle s'accouda. À la table, les nerfs de Justin se détendirent un à un : la pression se vidait comme une chambre à air trouée.

La porte d'entrée l'arracha à sa relaxante torpeur. Tous les yeux se tournèrent vers lui. Il leva les siens au rose encore clair du ciel, puis entendit sans y croire la voix de son père. François D. apparut sur la terrasse avant que personne ne bouge. Son visage s'illumina devant leur assemblée.

Manuel tenta de s'extirper de son hamac, le consul l'arrêta de la main.

— Ne te dérange pas, Manuel. Fais comme chez toi.

Il salua Justin de la main, puis serra celles de João et Edson. Xuxa s'approcha, un début de curiosité sur le visage. Quand il apprit qui elle était, il l'embrassa. Bota et Fogo s'étaient dressés comme des ressorts et se tenaient plus droits que des soldats de plomb. Justin balbutia.

— Des connaissances de Xuxa.

François D. leur tendit la main, ils la serrèrent. Bota bredouilla qu'il s'appelait Mauro et présenta Fogo sous le nom de Silvio.

— Mauro Silvio ? Comme le joueur du Fluminense ?

— Du *Botafogo*, corrigea Fogo-Silvio, le visage fendu d'un sourire jusqu'aux oreilles.

Son père s'adressa à Justin en français.

— Puisqu'ils sont là, fêtons ce soir ta pendaison de crémaillère avec tes amis.

Justin se crispa un peu plus, la tension était revenue avec des renforts.

— Ils allaient partir.

— Pas question. J'appellerai leurs parents si nécessaire.

François D. posa son cartable contre la baie vitrée, puis retourna dans l'appartement. Justin fit signe à l'assemblée qu'il était temps de déguerpir. Autour de la table, personne ne bougea. Peut-être pour le contrarier, Xuxa s'assit. Manuel s'étira de bien-être dans le hamac. Bota et Fogo restaient amorphes et presque béats, comme si la terrasse avait sur eux le même effet émollient que sur Justin : un havre de paix qu'ils n'étaient pas pressés de quitter, douze étages au-dessus de leur vie dans la rue et de leurs complices.

Le consul revint avec sur les bras un plateau brinquebalant de verres, canettes de soda et de bière. João vola à son secours à temps pour éviter l'irréparable.

— Ce soir, j'assure le service, pour le meilleur et le pire.

Il disparut à nouveau. Justin fit mine de le suivre, mais João l'arrêta avant la baie vitrée.

— Ne t'énerve pas, ce n'est pas le moment. Ton père essaye juste d'être agréable.

— Il a choisi le mauvais jour et la mauvaise manière.

— Si vous vous querellez, Bota et Fogo vont s'inquié-ter et tout risque de capoter.

Justin voulut répliquer, mais son père réapparut avec un chargement mieux équilibré d'arachides et d'olives.

— Ne restez pas dans le passage, *garotos*, ou je ne réponds de rien.

Márcia suivait avec deux plateaux de charcuterie et de fromage. Elle adressa un regard éberlué à Justin. Il lui répondit d'un geste fataliste de la main, puis le consul la déchargea des plats et la renvoya chez elle.

— J'ai besoin de vous au pic de votre forme demain, Márcia. Ne vous inquiétez pas, je veille sur Xuxa.

Márcia s'en alla, effarée mais presque amusée. Justin se rassit, vaincu. Le consul remplit les verres, passa les plats, s'agita comme la plus envahissante maîtresse de maison. Il s'enquit des familles de João et Edson, resservit Xuxa en fromage du Minas Gerais.

Satisfait de la belle flambée d'animation autour de la table, François D. monta à son bungalow. Il redescendit dans un jean effrangé et le teeshirt charbon d'un rocker tropical, les bras lourds de sacoches promotionnelles de Tourisme Canada. Il les distribua avec un clin d'œil à son fils.

— Elles feront davantage plaisir qu'aux invités de demain.

Justin répondit d'un rictus.

Fogo-Silvio contempla longtemps son cadeau, puis

émergea d'un haussement d'épaules de son abîme de perplexité et mordit à pleines dents dans le film protecteur en plastique. Le *rapaz* aux yeux jaunes comprenait encore moins que de coutume le monde autour de lui, mais ne s'en souciait plus.

Guère mieux loti, Justin songeait à Joaquim et au cosmos compartimenté du *candomblé*, dont toutes les parois semblaient ce soir s'effondrer. Il ne décolérait pas, rêvait d'envoyer promener son père jusqu'à son bungalow s'y occuper de ses propres affaires et se rappelait ses fêtes avec ses amis dans la maison de Gatineau : son père tentait toujours de s'y inviter par effraction, sous prétexte de s'assurer que tout allait bien, et il fallait l'interposition de sa mère, comme un videur de boîte de nuit, pour l'arrêter.

Trois serveurs du restaurant Lucas firent bientôt irruption avec deux immenses plats de choucroute et une glacière de bière allemande. João et Edson téléphonèrent à leurs parents qu'une fête de force majeure les retenait chez Justin, Mauro-Bota s'isola avec le portable de Xuxa et expliqua à ses employeurs que le consul du Canada les gardait à dîner pour sceller leur accord.

Justin et François D. présidaient aux deux bouts de la table. Le consul avait placé Xuxa à sa droite, Justin gardait Silvio-Fogo à portée de main pour étouffer toute euphorie trop bavarde. Manuel et João encadraient Mauro-Bota, il se fondait dans la soirée avec une impressionnante aisance de caméléon.

François D. redoubla de verve et d'humour. Xuxa se ranima, elle sourit, puis rit plusieurs fois. À défaut de l'instinct du diplomate, le consul possédait le sens du contact.

Il était presque vendredi quand il libéra ses convives. Ils repartirent avec leurs cadeaux. Xuxa, Bota et Fogo se serrèrent dans le premier ascenseur avec Manuel pour les surveiller. Justin descendit ensuite avec João et Edson. Quand ils sortirent sur le trottoir, Bota et Fogo, de retour à leur vie de malfrats, poussaient Xuxa dans un minibus blanc garé en double file. La porte se referma, le minibus fila sur l'*avenida* Atlântica.

Quand il disparut, João et Edson se regardèrent et éclatèrent de rire.

— Qu'est-ce qui vous amuse tant?

— Ta mine durant toute la soirée.

— Le proviseur au défilé du carnaval.

— Le président du Flamengo au bal du Fluminense.

— Ou moi à un thé musical du Copacabana Palace. Admets que la journée a été meilleure que prévu.

Justin le concéda, sans oublier un avertissement entrevu dans un prospectus financier, qui l'avait frappé: « la performance passée ne garantit pas la performance à venir ». Demain serait un autre jour et peut-être pénible.

Quand Justin remonta à la *cobertura*, son père finissait de débarrasser la table. Il ne lui proposa pas son aide, mais se hissa dans un hamac comme sur un cheval à moitié dompté. Son service terminé, le consul s'allongea en travers du second, un fond de bouteille de bière entre les mains. Justin s'apprêta à lui lancer enfin ses quatre vérités, il n'en eut pas le temps.

— J'ai écrit à Iara Campos. La lettre lui sera portée demain soir. Par coursier pour assurer sa bonne arrivée.

Chapitre 6
Desafinado

Raffi Kavafian était immense, en hauteur et largeur, mais Justin ne l'avait jamais remarqué dans la cour du lycée : il avait depuis longtemps passé l'âge de la fréquenter et avait mieux à faire entre les classes. D'après Edson, Raffi Kavafian avait vingt ans. Son père banquier lui avait confié un pécule, il le faisait fructifier par des prêts aux élèves en rupture d'argent de poche. Respecté et admiré au lycée français, il était décidé à ne pas troquer son statut d'adulte parmi les mineurs contre un poste de sous-fifre dans l'établissement paternel ; vivant le meilleur des deux mondes, il refusait de tout perdre par la faute d'un examen bêtement réussi. Chaque décembre, il freinait des quatre fers devant le baccalauréat.

À la pause du vendredi matin, Edson emmena Justin dans la salle de classe où Raffi Kavafian conduisait ses affaires au vu de tous, sauf de l'administration, qui fermait les yeux. On murmurait qu'il prêtait à ses professeurs contre la promesse de mauvaises notes.

Raffi Kavafian écouta la requête de Justin du haut de l'estrade où il trônait en pacha, derrière le bureau professoral. Il gratta le carré de barbe qui encadrait sa bouche et consulta son agenda. Il était libre à déjeuner.

Il emmena Justin et ses conseillers, Edson et João, dans un restaurant de sushis. Raffi Kavafian avalait les makis avec une gloutonnerie de phoque.

Justin se brûla la langue sur sa soupe miso. Il n'aimait pas les sushis et avait l'estomac noué, autant à l'idée de s'endetter que de ne pas y parvenir.

Raffi Kavafian se flattait de traiter ses jeunes clients avec la déférence de son père envers leurs parents.

— Je te félicite, Justin. Treize ans, à peine trois mois à Rio et, déjà, un premier appel à mes services. Les banquiers existent pour que leurs clients profitent de la vie.

Il fixa Justin dans les yeux.

— Quelles garanties m'offres-tu ?

Ce matin, João avait à son tour proposé à Justin son aide.

— Je recevrai de l'argent à Noël. Je t'en prêterai.

Justin aussi attendait des rentrées des fêtes de fin d'année, mais il lui faudrait déjà racheter ses boutons de manchette s'il les retrouvait, ou financer leur copie.

Edson s'élança au secours de Justin.

— Je suis prêt à me porter caution.

Raffi Kavafian sourit et commanda un nouveau plateau, de sashimis cette fois. Justin frémit à l'idée que son emprunt, s'il l'obtenait, soit pour moitié consommé par la note du repas.

— À titre personnel ou au nom du Tip Top Fast dont tu es, je crois, devenu l'heureux propriétaire?

Les sashimis arrivèrent, Raffi Kavafian joua des baguettes avec une vélocité de batteur virtuose.

— La seconde hypothèse est de loin la plus prometteuse.

Edson se récria, la négociation s'enclencha, comme la veille sur la terrasse, souriante mais âpre. Edson et Raffi Kavafian marchandèrent vers un accord.

— Je garantis une moitié du prêt, Tip Top Fast l'autre?

— Les intérêts?

— Si je ne les paye pas, tu les récupères en repas gratuits chez Tip Top Fast.

— Tu te moques de moi, Edson.

— Je te réserve en prime une table à l'espace *lounge* pour tes affaires. Tu trouveras ton bonheur parmi mes clients et ma commission d'apport sera aussi raisonnable que le taux de ton prêt à Justin.

Un accord intervint, dont le détail échappa à Justin. À son soulagement, la note du repas disparut dans la main grasse de son banquier, puis Raffi Kavafian sortit de sa sacoche un contrat dont il remplit en trois coups de plume en or les conditions particulières.

— Lis et rapporte-le-moi signé cet après-midi. Tu

auras lundi matin le montant du prêt.

Raffi Kavafian tendit la main, Justin la serra.

— Désormais, tu m'appelles Raffi et on est copains.

Justin ne lut pas le contrat durant le cours d'histoire brésilienne consacré à la guerre contre le Paraguay, mais il le signa : il préférait ignorer dans quel piège il se fourrait pour se sortir du précédent. Tomber de Charybde en Scylla était l'expression favorite de son grand-père, qui s'en était toujours gardé. Justin touchait pour la première fois du doigt sa signification.

L'avant-dernière semaine de l'année scolaire s'acheva. Justin, João et Edson descendirent au *Largo do Machado* et, assis sous leur arbre fétiche, appelèrent Xuxa sur son sans-fil. Bota répondit, puis transféra l'appareil à la fille de Márcia : elle allait bien. Le jeune *bandido* reprit la ligne et rendez-vous fut fixé lundi à 17 heures dans le *parque Garota* de *Ipanema*. Justin aurait préféré un lieu fréquenté par moins de jeunes vagabonds, mais il ferait grand jour et ses amis l'accompagneraient.

Il aurait aussi souhaité une soirée tranquille. À son arrivée, la *cobertura* palpitait d'une activité de chantier. François D. y conviait ce soir ses collègues du corps diplomatique à célébrer, au goût de chacun, sa pendaison de crémaillère ou les fêtes de fin d'année. Un buffet avait été dressé dans le salon, un bar prenait ses aises sur la terrasse sous le contrôle d'Aurelio. Le chauffeur brillait de tous ses feux en veste blanche et nœud papillon rouge d'un maître d'hôtel du restaurant Lucas. Márcia mettait la dernière touche bahianaise à la fête dans la fournaise de la cuisine.

Justin enfila un costume. Si son père l'interrogeait sur l'absence de ses boutons de manchette, il affirmerait ne pas les porter par égard à l'ambassadeur en titre.

Justin entra dans la cuisine, alors que Márcia mettait à cuire une dernière préparation de *cocada*. Elle s'isola ensuite sur le balcon avec son téléphone cellulaire. La communication eut la brièveté des bonnes nouvelles. Márcia confirma que Xuxa allait toujours bien. Justin ressortit accueillir les premiers invités.

L'ambassadeur arriva avec sa femme, Justin retrouva plusieurs épouses dont il avait partagé l'ennui au consulat britannique et papota à nouveau. Sous les commentaires admiratifs pour la *cobertura*, des dents grincèrent devant la terrasse et le panorama, puis se consolèrent en déplorant la proximité périlleuse de la *favela do Pavão*.

Après des commentaires acerbes à son mari sur les toilettes des autres invitées, la femme de l'ambassadeur partit fureter dans les tréfonds de la résidence comme dans un magasin de soldes.

Justin regretta de ne pas avoir fermé sa chambre à clé, mais imputerait plus tard, si nécessaire, la disparition de ses boutons de manchette à un diplomate cleptomane.

De retour d'exploration, la femme de l'ambassadeur alpagua le consul par la manche.

—François, je vous sais artiste, musicien au moins,

mais ce Beto, qui signe ces tableaux charmants, dans le salon, la chambre de Justin et... votre garçonnière, c'est aussi vous ?

— J'aimerais, Marie-Simone, mais, faute de temps et talent, je les ai achetés.

— Et Beto ?

— Un artiste du Minas Gerais et *carioca* depuis un demi-siècle.

— Vivant ?

— Plus pour très longtemps.

— Intéressant... Cher ?

François D. indiqua son prix d'achat sans préciser qu'il concernait seize tableaux. Un rire aigrelet secoua le double rang de perles.

— Ils vous ont roulé dans la farine. Vous avez payé trois fois trop par tableau. Il en reste sur le marché ?

— Voyez Justin, c'est mon ministre des Arts.

Habitué à se dissimuler, Justin avait suivi la conversation à portée de main.

— Tu pourrais faire le bonheur de Madame l'ambassadrice ?

— Au prix souhaité, ce sera difficile, mais je ferai de mon mieux. Vous voulez une seule toile ?

— Je suis prête à aller jusqu'à trois ou quatre, mais au juste prix, le mien, ou moins, pour les toiles plus petites.

Justin acquiesça. Marie-Simone lui posa la main sur le bras.

— Si possible avant qu'il meure, les héritiers sont si cupides...

. . .

Justin se réveilla au son de la pluie. Il traversa l'appartement vers la terrasse et s'abrita sous l'auvent.

— *Bom dia, Justinho.*

Justin se retourna. Aurelio était debout dans le salon, en short et débardeur.

— À quelle heure s'est terminée la soirée ?

— Tard, mais pas ici. L'ambassadeur a voulu profiter de la ville.

Les employés du traiteur avaient démonté et remporté le buffet. Justin aida le chauffeur à remettre de l'ordre dans le salon, puis le suivit dans la cuisine. Elle ressemblait à un champ de bataille.

— On s'y attaque ?

Justin acquiesça, c'était un temps à vaisselle. Ils remplirent à ras bord la machine, puis passèrent en mode manuel. Aurelio lavait, Justin essuyait et rangeait.

— *O candomblé te interessa, Justinho* [29] ?

Il se raidit d'instinct.

— Pourquoi ?

— Je t'ai vu dans la boutique de Joaquim Monteiro, un soir que je passais en voiture.

Justin haussa les épaules sans cesser d'essuyer.

---

[29] Tu t'intéresses au *candomblé*, Justin ?

— Je suis curieux. Toi aussi, tu connais Joaquim?

— Tout le monde le connaît. Il est plus savant que les prêtres.

— Tu appartiens à une communauté?

— Oui. Je suis *ogan*. Joaquim t'en a parlé?

Justin cacha sa surprise derrière un hochement de tête. Les *ogans* étaient des laïcs protecteurs des lieux du culte.

— Où est ton *terreiro*?

— Près de chez moi, à São João de Meriti. Si tu veux, je t'inviterai à une cérémonie.

Justin posa son torchon.

— Si je souhaitais découvrir mon *orixá*, ce serait possible?

— Je connais des devins en qui tu pourras avoir confiance. Il y a beaucoup de charlatans. Márcia t'a parlé de sa mère?

— Non, pourquoi?

Aurelio hésita à peine.

— Sa mère est une *filha de santo*. Elle assistait la prêtresse qui dirigeait le *terreiro* de la *favela do Pavão*.

Interrogé sur Márcia et Xuxa, Aurelio s'était jusque-là toujours tu. Maintenant que Justin connaissait Joaquim, il offrait de lui-même des indiscrétions. Justin touchait du doigt les solidarités tissées autour du *candomblé*. Aurelio espérait peut-être l'attirer dans son *terreiro*: un fils de diplomate constituait sans doute une prise de prestige.

— Márcia aussi est fille de saint ?

Il secoua la tête.

— Quand le lieu de culte de la *favela* a été détruit, sa mère est retournée à Salvador da Bahia. Márcia était encore enfant, elle est restée avec son père. Elle n'a pas pardonné à sa mère de lui préférer sa religion, ni au *candomblé* de lui enlever sa mère. Je crois...

Justin reprit son torchon. La cuisine ressortit peu à peu du chaos. Justin essuya les derniers plats. Aurelio le laissa pour se doucher dans le réduit des domestiques. Il réapparut en costume de chauffeur, puis descendit rapporter la veste et le nœud papillon du maître d'hôtel de Lucas et remplir les poubelles de la cour des restes du buffet.

La pluie tombait toujours aussi drue et hachurait la vue. Justin frissonnait. Au thermomètre de la terrasse, il faisait pourtant plus de vingt degrés. Il prit une douche chaude.

Afin de se protéger de l'humidité, il enfilait, pour la première fois à Rio sans obligation sociale, un pantalon, des chaussettes et un pull, quand son père frappa à la porte de sa chambre. Il entra et s'effondra sur le lit. François D. avait une petite mine et la voix pâteuse.

— L'ambassadeur a eu envie d'un dernier verre à l'extérieur. Il restait six invités, ils nous ont accompagnés. Les « derniers verres » se sont succédés. Nous avons visité des lieux que la morale réprouve. L'ambassadeur nous a passés à la moulinette, je le soupçonne de dopage. Sans la pluie, nous y serions encore.

Ils se déplacèrent dans la cuisine. Le consul s'émerveilla de son bon état.

—Tu es une perle, Justin. La femme de l'ambassadeur voulait t'acheter, mais nous ne sommes pas tombés d'accord sur le prix.

Justin regarda son père vider une cafetière, puis le jugea à point: lucide et vulnérable.

—Maintenant que tu as coupé les ponts avec Iara, j'ai besoin d'un nouveau professeur.

—Ce n'est pas un problème, ils courent les rues.

Justin prit son souffle et un air détaché.

—J'avais pensé à Xuxa, la fille de Márcia.

—Pourquoi? Elle te plaît?

Justin pensa si fort que tout le monde ne choisissait pas un enseignant sur ce critère que son père parut gêné.

—Non? Pourquoi, alors? Elle n'est pas professeure.

—Mais bonne élève. Je crois que j'apprendrais mieux avec quelqu'un de mon âge.

François D. hocha la tête:

—C'est vrai qu'elle parle un brésilien qui ressemble à du brésilien et pas à du joual d'ici, comme ce que débite son ami Bota. Je n'ai pas son âge, mais, grivoiserie à part, je pourrais peut-être l'essayer aussi. Comme professeure.

—Les langues de la diplomatie et du droit ne sont sûrement pas son fort.

—Encore moins le mien. J'ai juste envie d'être compris dans la rue. Ne prétends pas le contraire, tu ricanes dès que j'ouvre la bouche : je parle portugais comme une vache de l'Alberta.

— Donc, pour Xuxa, c'est d'accord ?

— À l'essai, puis plus si affinités, y compris avec moi, si tu me dis monts et merveilles de ses cours.

En fin d'après-midi, le consul se sentit assez revigoré pour connaître des envies de sortie.

— Justin, que dirais-tu de gagner de l'argent de poche ?

— Comment ?

— En allégeant celles de notre ambassadrice. Je négocie un rabais record sur son tableau et tu l'empoches pour tes services de courtage.

Justin n'avait aucune intention d'acheter une toile de Beto pour Marie-Simone : elle ne le méritait pas. Il suivit son père dans l'espoir d'enrayer la transaction par ses mauvaises ondes. Un taxi les déposa devant la galerie d'Ipanema, où Manuel avait soldé trente œuvres de Beto. La vitrine du commerce clamait sa vocation à la croûte pour *gringo*.

La vendeuse les accueillit avec une complainte sur les dérèglements climatiques. Elle était aguichante et crut séduire François D. Il la roula dans la farine en anglais. Il admira les œuvres les plus baveuses, négocia des remises modestes sur des *Corcovados* et des Pains de Sucre sans queue ni tête, puis dénicha, rangées contre le mur du fond, les œuvres de Beto et grimaça de dégoût.

Le visage de Justin exprimait un sentiment similaire : c'était son père à son pire, quand il se donnait en spectacle.

— Vous avez raison de les cacher, c'est horrible.

La vendeuse en convint presque.

— Il en faut pour tous les goûts.

— Combien m'offrez-vous pour vous en débarrasser ?

Elle s'esclaffa. François D. consentit un effort financier et proposa pour trois toiles le prix fixé par Marie-Simone pour une.

La vendeuse comptait mal en anglais. Elle accepta.

— C'est un cadeau pour quelqu'un que je n'aime pas.

Elle rit de bon cœur, puis emballa les œuvres et leur appela un taxi.

— Remercie ton père, Justin. Grâce à lui, tu n'as pas perdu ta journée.

Justin murmura un « merci » à peine audible.

— Si tu as des scrupules pour Marie-Simone, elle réalise une bien meilleure affaire que nous. Elle obtient ses tableaux au juste prix, le sien, et sera si contente qu'elle nous en réclamera plus.

— Nous ne lui achèterons rien d'autre et je me moque de Marie-Simone.

— Si c'est pour Manuel que tu t'inquiètes, tu partageras tes bénéfices avec lui. C'est la moindre des choses.

— Et je n'ai pas besoin de toi pour me le dire.

— Alors quel est le problème ?

Justin se mura dans son mutisme.

— Si tu m'en veux d'avoir embobiné la vendeuse, pense à tous les touristes qu'elle berne chaque jour. Son tour avait trop tardé et elle ne demandait que ça. Tu as vu les regards mouillés qu'elle me lançait?

Justin se tourna vers son père.

— Oui, tu adressais les mêmes à Iara.

Il avait cherché le ton de la plaisanterie, sans le trouver. Il y eut un long silence. Justin craignit d'être allé trop loin. François D. rajusta ses lunettes.

— Bravo, Justin. Touché. Mais ne crois pas avoir le monopole des coups bas.

Le lendemain matin, la pluie tambourinait toujours sur les toits de Copacabana.

Oisif, l'esprit de Justin renoua avec sa pente naturelle vers le pire : Bota et Fogo avaient ranimé leurs mauvais instincts, Xuxa passait de mauvais quarts d'heure, le prix de sa libération s'envolait, la banque Kavafian se noyait sous les eaux...

L'après-midi, Justin continua à broyer le gris des nuages. Fatigué de guetter en vain une accalmie, il téléphona à son père, reclus dans son bungalow, qu'il sortait se promener.

Dans les rues, presque tous les rideaux de fer étaient baissés. La boutique de Joaquim ne faisait pas exception. Justin martela la tôle ondulée de sa frustration. Il repartait quand elle se leva à moitié sur le petit homme toujours en chemise blanche et cravate, le pantalon retroussé sur des mollets couleur d'albâtre.

— Justin, j'ai pensé que c'était peut-être toi. Viens te sécher.

Justin retrouva l'arrière-boutique de Joaquim. Un cordon de serpillières défendait avec un héroïsme sans illusion les caisses en carton contre la montée des eaux.

— Tu comprends pourquoi il est urgent de trouver un prince charmant.

Une casserole d'eau bouillait sur un réchaud à gaz. Justin accepta une tasse de thé.

— Raconte-moi tes soucis, Justin.

— Quels soucis ?

— Il en faut pour sortir aujourd'hui.

Le thé était chaud, Justin ne lui en demandait pas plus.

— Tu connais Aurelio, du *terreiro* de São João de Meriti ?

— Il m'achète des fournitures de temps en temps.

— Tu savais qu'il était le chauffeur du consulat ?

— Oui.

— Et aussi *ogan* ?

Le vieil homme acquiesça.

— Pourquoi ne me l'as-tu pas dit ?

— Exu, le dieu des rues, n'avait pas besoin de moi pour vous réunir quand il le souhaiterait. Je n'avais pas à interférer.

— Encore le cosmos et ses cloisons ?

— Les différents plans de la vie. Le religieux et le social ne font pas toujours bon ménage.

—Tu m'avais dit que les *ogans* étaient choisis pour leur statut dans le monde de tous les jours: il devait être assez élevé pour les rendre capables d'y défendre leur *terreiro*. Pourquoi un chauffeur?

Joaquim sourit.

—Pas n'importe quel chauffeur: un collaborateur personnel du consul général du Canada. La préfecture et la police le savent et, sauf force majeure, ne toucheront pas au *terreiro* d'Aurelio de peur de froisser un pays étranger.

Justin finit sa tasse, Joaquim le resservit.

—Je crois qu'Aurelio est le cadet de tes soucis, Justin. Raconte-moi les vrais.

Justin se chauffa les mains sur sa tasse, pendant qu'il cherchait avec soin ses mots.

—Si une personne court un danger, est-ce que présenter des offrandes à son *orixá* lui vient en aide?

—Autant qu'allumer un cierge au pied de la statue de son saint. Allumes-tu des cierges dans les églises, Justin?

L'idée ne l'avait jamais effleuré.

—Si j'interroge le collier d'Ifá, il me révélera si tout finira bien?

—Le *babalaô* lancera le collier, le collier tracera un signe, le *babalaô* interprétera le signe et répondra à la question.

—Sa réponse sera la bonne?

—Si tu y crois et l'interprètes bien à ton tour.

—La réponse n'est jamais claire?

— Les oracles et les prophètes ne sont pas des ordinateurs, et les religions aiment les paraboles.

— Pourquoi les interroger s'ils répondent en code ?

— Parce que partager ses inquiétudes apaise ou tu ne serais pas là. Les *babalaōs* sont d'excellents psychologues, surtout dans les petites communautés. Ils connaissent par cœur leurs membres, souvent depuis la naissance.

— S'ils se trompent ?

— La faute en revient au demandeur. Il n'aura pas tout raconté, il aura oublié ou dissimulé un détail. Y a-t-il beaucoup de gens à qui tu révélerais tout, y compris tes arrière-pensées, pour connaître la réponse à une question ?

Justin cacha son impatience au fond de son siège. Joaquim biaisait, et lui tournait en rond.

— Je connais la personne pour qui tu t'inquiètes ?

— Je t'ai déjà posé la question. Tu as refusé de me le dire, mais je crois que oui.

— Si tu me donnes son nom, je pourrai peut-être atténuer tes soucis.

— Sans interférer ?

Le boutiquier sourit.

— Bien sûr.

— Xuxa, la fille de Márcia Montevilla Carvalho.

Joaquim hocha la tête.

— Je peux te dire qu'elle et sa mère sont de bonnes personnes. Elles méritent qu'on leur vienne en aide.

Justin repartit, rasséréné sans vraie raison par l'assurance du vieil homme. Agacé aussi par ses mystères. Aurelio, lui, n'avait pas craint d'interférer, quand il avait évoqué la mère de Márcia.

À son retour à la *cobertura*, six nouvelles toiles de Beto étaient étalées sur la table du salon. François D. leur souriait. Une folie furieuse étrangla l'esprit cartésien de Justin.

—Tu es retourné en acheter pour Marie-Simone ?

Son père lui fit face, un pli exaspéré aux lèvres.

—Tu es obsédé, Justin ? Ce sont des cadeaux de Noël. Pour ta mère, ta sœur, moi, mon père aussi, Márcia sans doute. Et même toi, si tu arrêtes tes délires.

—Tu as rembobiné la vendeuse ?

—Non, le propriétaire était là.

—Tu les as payées combien ?

—Ça ne te regarde pas. Sache juste que j'ai une option d'achat sur les autres. Le galeriste était prêt à des sacrifices pour ajouter un consul à ses clients de référence.

—Tu aurais pu me prévenir avant d'y retourner.

—Je ne suis pas sous ta tutelle, Justin.

—Sans moi, tu ne connaîtrais pas les tableaux de Beto.

—Et, sans mon argent, tu n'en aurais pas sur tes murs. Ce n'est plus le temps du Monopoly, Justin, quand personne n'achetait tes rues préférées par crainte de tes hurlements. Grandis ou pique des crises, mais ne me gâche pas la vie avec.

Justin claqua la porte de sa chambre, trop tard pour éviter l'envoi assassin de son père :

— Les médecins ont raison. Le problème de ton bras, c'est ta tête.

La pluie cessa à la nuit. Un grand silence tomba à sa place, puis Justin entendit son père quitter l'appartement. Il sortit à son tour, en quête d'Edson comme d'un antidote.

Justin ne le trouva pas au Tip Top Fast. Il continua vers la *lanchonete* 21. Edson y était, avec le reste de sa famille. Il nourrissait de force sa plus jeune sœur et adressa un sourire navré à Justin. La seconde petite fille trépignait sur les genoux de sa mère et exigeait à pleins poumons *Julieta e Catherine*. Eduardo Ribeiro Beto s'épongeait le front au comptoir.

François D. aussi était là, à leur table habituelle. Un serveur présenta à Justin la chaise face à lui. Il n'osa la refuser. Ils dînèrent, le nez dans leurs assiettes, dans une ambiance de Centre de la petite enfance, dispensés de communiquer par le vacarme.

L'éloquence des petites filles eut gain de cause, leur mère et leur frère les évacuèrent vers Tip Top Fast et un dessert de profiteroles. Justin salua Edson de la main, résigné à ne pas lui parler ce soir.

Le calme tomba comme une surdité bienvenue. Eduardo Ribeiro Neto déposa un verre de vieille *cachaça* devant le consul.

— Ça détend jusqu'au fond des tympans.

François D. avala une gorgée, puis leva les yeux vers Justin.

—Ton grand-père souhaitait tellement que je marche dans ses pas qu'il m'a dégoûté de la voie qu'il me traçait. Pour le contrarier, j'ai emprunté des chemins de traverse dont je n'avais pas envie. J'ai abandonné l'université en route et voyagé. Avec plaisir, puis de moins en moins... À mon retour, il aurait suffi d'un mot et je me serais mis au travail pour l'aider puis lui succéder comme député du comté. Il a craint un refus de plus et ne l'a pas dit, je n'ai pas voulu m'humilier à lui demander ce que j'avais si souvent rejeté.

Le consul se tut l'espace d'une seconde gorgée, puis se remit à parler, tandis que Justin comptait les bulles de *guaraná* dans son verre.

—Ta mère est, je crois, la seule heureuse surprise que je lui ai donnée. À notre mariage, il rayonnait plus que nous. J'avais rejeté son héritage, mais lui avais amené une héritière. Ta mère a dirigé ses dernières campagnes, il espérait qu'elle se présente dans le comté aux élections de l'an dernier. L'accident a tout chamboulé.

Le regard de Justin remonta vers son père, personne ne lui avait jamais parlé de cette éventualité.

—Il y croit encore et mise sur des élections anticipées pour la pousser à franchir le pas.

L'esprit de Justin fit un grand bond en avant, malgré ses efforts pour le maîtriser. Avec sa mère députée fédérale de Montmorency–Charlevoix–Haute-Côte-Nord, le jumelage du comté avec la *favela do Pavão* ne ferait plus aucun doute. Son projet deviendrait une affaire de famille : ses parents y travailleraient ensemble, chacun à un bout ; sa réalisation les réconcilierait et ressouderait la famille. Justin n'eut plus honte de son silence envers son père : il le mettrait au courant en même temps que sa mère, après son élection.

— À ton avis, elle accepterait d'être candidate ?

— Je n'en sais rien.

— Tu le souhaiterais ?

François D. haussa les épaules, puis réfléchit.

— Je crois que oui pour elle, et non pour toi et Nadine : ce serait vous forcer tous les deux à suivre le même chemin plus tard ou au contraire à vous révolter contre une voie trop balisée.

Il finit son verre, puis regarda Justin avec un sourire emprunté.

— Si je ne t'interroge pas sur tes projets et tes rêves d'avenir, ce n'est pas par indifférence, mais j'ai peur de t'en détourner sans le vouloir. À toi l'initiative de m'en parler, quand et si tu le désires. Cela te convient ?

Justin fit signe que oui et évita le regard du consul.

— Si tu as des problèmes aussi, je suis là pour les écouter, pas pour te tirer les vers du nez.

Justin bredouilla qu'il n'en avait pas.

— Si c'est vrai, tu le caches bien ces derniers jours.

Justin essaya de sourire.

— C'est la pluie.

— Il ne pleuvait pas jeudi soir avec tes amis.

Plusieurs fois depuis cette soirée, Justin avait été près de tout avouer. Là aussi, il aurait suffi d'un mot. Il n'était pas venu et, maintenant qu'il arrivait, il le prenait au dépourvu. Justin ne savait plus où commencer, ni comment s'expliquer sans paraître insensé. Parler maintenant n'aurait rien résolu, mais tout compliqué davantage.

Justin fronça les sourcils comme s'il creusait sa mémoire en vain.

— Non, vraiment, je ne vois pas.

Il surprit un mélange de déception et tristesse sur le visage de son père et s'en voulut.

— Si tout va pour le mieux dans le meilleur de tes mondes, rentrons.

Chapitre 7
Xangô

Edson et João attendaient Justin dans la cour du lycée.

— Il n'y avait personne.

— Tu es sûr que c'était la bonne salle ?

— J'ai fait le tour de l'étage, il n'était nulle part.

L'absence de Raffi n'avait pas surpris Justin. C'eût été trop simple.

Le regard de João fouilla la cour de récréation. L'argentier du lycée ne dépassait pas de la tête et des épaules la masse des élèves.

— Je vais jeter un coup d'œil aux autres étages.

— Appelle-le plutôt sur son sans-fil, Justinho. Ça gagnera du temps.

João sourit, comme chaque fois qu'Edson et Justin dégainaient leurs téléphones cellulaires. Il n'en avait pas, sous prétexte de ne pas en percevoir le besoin.

Justin colla son appareil à son oreille. Il entendit la tonalité, puis la voix enregistrée de Raffi se désola de ne pouvoir prendre son appel. Justin demanda à son bailleur de fonds de le rappeler.

Son téléphone sonna alors que la porte de la classe se refermait pour le cours de français. Justin tenta de se rendre invisible au fond de la salle, dans les rideaux de la fenêtre. M. Langevin l'y rattrapa alors qu'il disait « allo ».

— Éteignez cet engin.

Justin devina la voix de Raffi, cette fois en direct. Son professeur lui saisit l'appareil des mains et coupa la communication. Le téléphone disparut dans la poche de sa veste, puis il regagna sans un mot son bureau. Justin reprit place à côté d'Edson, ils échangèrent un regard sans besoin de commentaire.

Pour la dernière semaine de l'année, M. Langevin prétendit intéresser sa classe aux aventures de Tintin. Malgré sa rancœur, Justin envia au héros d'Hergé ce que le professeur appelait sa « ligne claire ». Le tracé net des dessins reflétait la tranquillité d'esprit des personnages : Tintin ne doutait pas que ses aventures finiraient bien. Au Tibet, le jeune reporter avait arraché Tchang aux griffes du yéti ; Justin était moins certain de libérer Xuxa.

Une sonnerie aigre annonça la fin du cours. La salle se vida, le dernier filet de voix de M. Langevin se perdit dans un désert. Justin réclama son appareil.

— Vous ne pouvez pas déjeuner sans lui ?

— J'attends un appel important.

— Une question de vie ou de mort, sans doute ?

— On ne peut rien vous cacher.

M. Langevin sourit de voir son humour partagé.

— Passez dans la salle des professeurs à la fin de vos cours, je vous le rendrai. Imaginez si, au lieu de Milou, Tintin avait eu pour compagnon un téléphone cellulaire. Il n'y aurait plus eu d'aventures.

Justin était bien d'accord, il lui fallait son appareil pour qu'une journée sans histoire ne vire pas à l'aventure qui finit mal.

— Laissez-moi au moins écouter mes messages.

— Ils vous attendront.

Justin murmura entre ses lèvres une insulte en anglais.

— Qu'avez-vous dit ?

— Basterd.

Justin précisa l'orthographe avec un regard insolent.

— Avec un e à la place du second a. C'est le mot de passe de mon appareil. Pour vous occuper si vous déjeunez seul.

M. Langevin devint écarlate. João poussa Justin vers la porte, Edson sourit à l'enseignant.

— C'est le nom de son chien.

Durant leur descente vers le *Largo do Machado*, Edson appela trois fois le téléphone de Raffi. À sa troisième tentative, il laissa un message.

Assis sur le muret au pied de leur grand arbre, ils mangèrent en silence les *esfihas* dont les vacances les priveraient bientôt.

L'appareil sonna enfin. La communication fut brève et Edson parla peu, il la conclut avec un sourire teinté d'admiration.

— C'était Raffi, il est à Búzios. Il a passé la fin de semaine dans la maison de plage de sa famille. Ce matin, le temps était superbe, il est resté réviser son bac au bord de l'eau.

João et Edson partagèrent un sourire : même par les standards brésiliens, les révisions sur la plage de Raffi Kavafian étaient célèbres pour leur coefficient de filles superbes.

— Et moi ?

— Il saute dans sa voiture et t'attendra à partir de quinze heures trente chez lui, à Rio.

Justin émit un soupir sceptique : Búzios était situé cent cinquante kilomètres à l'est. Edson lui écrivit l'adresse du banquier sur une serviette en papier : « C'est une voie privée au tout début de Leblon. »

Ils remontèrent vers le lycée par la *rua das Laranjeiras*. Les orangeraies de son nom avaient depuis longtemps laissé place aux embouteillages.

Deux voitures et un car de la police militaire étaient garés le long du trottoir, face au lycée. Des soldats en treillis armés de mitraillettes montaient la garde des deux côtés des grilles. D'autres fouillaient les élèves et leurs sacs à l'entrée et opposaient à leurs questions une mâchoire butée.

Alors qu'ils s'asseyaient pour l'ultime cours de géographie française de l'année, le proviseur entra avec un sourire de mauvais présage.

— Le ministre français des Affaires étrangères, en voyage officiel au Brésil, nous honore d'une visite impromptue. À la sonnerie, vous irez dans la cour de récréation sous la conduite de votre professeur.

Un spasme de plaisir parcourut le proviseur, puis il galopa porter la divine nouvelle aux autres classes. Justin jeta un regard résigné de plus à Edson.

— La cerise sur le gâteau.

Le professeur de géographie, Sophie Dauby, brancha son ordinateur sur les deux moniteurs fixés à gauche et droite du tableau et offrit à sa classe un tour des plus belles plages de France.

La sonnerie mit fin au voyage au seuil de la Côte d'Azur. La classe maugréa, puis se leva et descendit à temps pour se poster à l'ombre d'un des deux platanes expatriés contre leur gré dans le ciment des tropiques.

Justin regarda sa montre, il était trois heures moins dix. L'attente débuta, puis se prolongea. Les regards de Justin montaient jusqu'au Corcovado comme vers un compagnon de chemin de croix puis replongeaient sur la trotteuse de sa montre. Le temps filait, ses rendez-vous approchaient aussi vite que s'amenuisaient ses chances d'y être à l'heure.

Justin éprouvait une sensation de chute inexorable. La journée lui en rappelait d'autres, elles aussi fracassées sur l'indifférence du monde, ou son complot. Elles auraient dû glisser sur des roulettes, un grain de sable les avait grippées, les catastrophes s'étaient enchaînées. Justin aurait aimé se rouler en boule sous les branches consolantes du platane. La journée aurait dû le conduire en ligne droite au *parque Garota de Ipanema*, le chemin tracé d'avance s'était interrompu à la pause du matin, il avait cru le rejoindre à midi, puis une déviation l'avait entraîné à Búzios. Un raccourci avait promis de le remettre sur la bonne voie à Leblon, mais la route était barrée, seul le temps avançait.

Des sirènes de police approchèrent, les professeurs rameutèrent leurs troupes, qui s'alignèrent de mauvaise grâce.

Justin, Edson et João suivirent les visiteurs sans les voir, dans la *ola* d'excitation qui agitait les rangs à leur passage. Le ministre apparut enfin, sur le perron du bâtiment principal, entre le maire de Rio et le proviseur. Il ouvrit la bouche et la brise emporta ses mots vers le Corcovado. Justin regarda son discours sans l'entendre. Des applaudissements saluèrent sa fin. Après un dernier salut à leurs admirateurs, le ministre et ses faire-valoir redescendirent de leur piédestal. La mer des têtes les engloutit à nouveau, puis une seconde *ola* les raccompagna à la sortie. Les rangs distendus se rompirent.

Edson se tourna vers Justin et lui donna son téléphone.

—Cours chez Raffi. Je te retrouverai avec João à dix-sept

heures au *parque Garota de Ipanema*. En cas de problème, appelle-nous sur le numéro de ton appareil, je l'aurai récupéré. Donne-moi juste ton mot de passe.

— C'est déjà fait.

Edson sourit.

— *Bastard*?

— Basterd. J'ai horreur des obscénités.

Justin joua des coudes vers les grilles. Il les franchit avec un coup d'œil à sa montre : quinze heures trente-cinq, juste assez tôt pour nourrir le sale espoir que sa course contre le temps n'était pas encore perdue. Justin sprinta jusqu'à la *rua das Laranjeiras* et la dévala vers le métro. Ses couloirs lui parurent longs comme jamais. Une rame déboucha sur le quai en même temps que lui, dans le mauvais sens, comme la suivante. La troisième le conduisit à la station Cantagalo. Quand il en déboucha, le métro de surface – un bus – attendait les passagers : la suite de la ligne restait à construire. Le chauffeur assura Justin qu'il partait dans la seconde, puis descendit fumer une cigarette sur le trottoir. Quand il prit enfin le volant, Justin découvrit le premier conducteur prudent de Rio et ses banlieues. Il s'impatienta jusqu'au jardin d'Allah, qui séparait Ipanema de Leblon, puis trouva la *praça Almirante* Belfort Vieira et même le bon numéro. Un portail en fer forgé y barrait l'entrée d'une ruelle de maisonnettes aux façades pastel ; elles narguaient les vingt étages des tours résidentielles qui les entouraient. Derrière le portail, un gardien en uniforme bleu était assis à une table et lisait *O Globo*.

— Raffi Kavafian, *por favor*.

Le gardien secoua la tête sans la lever des programmes de télévision : « Il n'est pas là. »

— Il m'a donné rendez-vous.

— Il n'est pas encore rentré de Búzios.

Justin regarda sa montre : seize heures trente-cinq, puis composa son propre numéro sur le téléphone d'Edson. Lui et João appelleraient Bota et Fogo pour les convaincre de patienter ou repousser le rendez-vous. Justin n'obtint que la tonalité, puis sa voix, qui l'encouragea à laisser un message. Il essaya le portable de Raffi, aussi en vain. Après cinq minutes, il renouvela les deux appels sans plus de résultats.

Les yeux levés au ciel, il implora son *orixá* inconnu, puis, à court de choix, composa le numéro de Xuxa. Bota répondit.

— Justin ? J'essaye de te joindre depuis deux heures.

Justin entendit des bruits confus, puis une voix d'adulte remplaça Bota sur la ligne.

— Justin Deslauriers ?

— Oui. Qui êtes-vous ?

— Celui qui pose les questions et donne les ordres.

L'homme parlait un anglais de gangster dans un mauvais film.

— Changement de programme. Rendez-vous à dix-sept heures trente dans le tunnel de l'*engenheiro* Cœlho Cintra, entre l'*avenida* Princesa Isabel et le centre commercial Rio Sul.

—Pourquoi ?

L'homme rit.

—Parce que je ne vous fais pas confiance. Vous prendrez la voie piétonne de droite en venant de Copacabana.

Justin grimaça.

—Je ne vous fais pas confiance non plus.

—C'est moi qui décide, à prendre ou à laisser.

—Je veux parler à Bota.

—Vous l'avez assez mené en bateau.

—Alors, passez-moi Xuxa.

—Vous avez trente secondes.

Elle affirma d'une voix lasse qu'elle allait bien, puis l'homme reprit la ligne.

—Dix-sept heures trente dans le tunnel ou tant pis pour vos petits amis.

—Donnez-moi plus de temps.

—Pour rameuter la cavalerie ?

Il ricana à nouveau, puis répéta : « dix-sept heures trente » et raccrocha.

Justin était arrivé au bout de son rouleau. Il s'assit sur le trottoir et ferma les yeux, la tête entre les genoux. Deux coups de klaxon et son nom le sortirent de son mauvais rêve. Un cabriolet Miata noir était arrêté devant le portail, Raffi en débordait comme d'une baignoire trop pleine.

—Excuse-moi, Justin, le trafic a été horrible, ils ont fermé la moitié du centre-ville pour je ne sais quel cortège officiel.

Le gardien ouvrit les deux battants du portail. Le cabriolet pénétra dans la voie privée et se gara devant une petite maison bleue aux fenêtres grillagées. Justin rejoignit Raffi au pas de course. Une cuisine américaine et un grand salon au mobilier moderne occupaient le rez-de-chaussée, il ouvrait sur un petit jardin à la pelouse requinquée par les pluies de la fin de semaine.

— Je reviens tout de suite.

Raffi grimpa l'escalier en bois qui menait à l'étage, puis redescendit avec un chèque.

Justin secoua la tête.

— Il me faut de l'argent liquide.

— C'est un chèque de caisse, tu pourras le toucher dans n'importe quelle banque demain matin.

— J'en ai besoin tout de suite.

— Vraiment ?

Le visage de Justin valait toutes les réponses. Raffi se frotta la barbe, puis se laissa tomber dans un fauteuil à ses mesures.

— Je vais me débrouiller.

Il tira de sa poche son téléphone cellulaire.

Justin l'entendit parler au concierge de l'hôtel Caesar Park, puis sortit dans le jardinet. La tour voisine cachait le soleil et presque le ciel. Il appela encore une fois son numéro et entendit à nouveau sa voix, qui lui semblait de plus en plus étrangère.

Raffi passa soudain la tête dans l'ouverture de la baie vitrée.

— C'est arrangé.

Justin rentra dans le salon et reçut deux nouveaux chèques contre le précédent.

— Porte le premier au Caesar Park, à deux cents mètres d'ici, ils t'attendent et l'encaisseront contre du liquide. Recommence à l'hôtel Iberostar, l'ancien Méridien, pour le second. C'est ce que je peux te proposer de mieux. Aucun hôtel ne disposait de la somme complète.

— Merci.

— Vas-y sans perdre de temps. Il faut que je révise mon allemand pour l'oral de demain.

Au portail, Justin croisa une sirène blonde à la belle voix grave qui expliquait au gardien que Herr Kavafian l'attendait avec impatience.

Justin ressortit *praça Almirante* Belfort Vieira et regarda sa montre : dix-sept heures dix. Il prit la première rue vers le bord de mer. Elle était calme. Il s'assit sur le capot d'une voiture en stationnement et avala un grand bol d'air, puis recomposa le numéro de Xuxa. Le *bandido* anglophone répondit.

— J'ai pris du retard. Je serai au rendez-vous à dix-huit heures trente.

— Pas question.

— J'avais des dollars, le changeur manquait de *reais*, il y a eu un délai.

— Pas mon problème.

— Vous voulez l'argent ? Dix-huit heures trente.

L'homme reprit ses menaces, Justin coupa la communication et éteignit le téléphone.

Aucune mauvaise surprise ne l'attendait au Caesar Park. Il ressortit avec une enveloppe bourrée de billets et monta dans un taxi en attente.

—L'hôtel Iberostar, à Copacabana.

Le *parque Garota de Ipanema* était sur la route. Il pensa s'y arrêter, puis décida que ce serait tenter le sort: aujourd'hui, il ressemblait beaucoup au diable. Au lieu d'y trouver Edson et João, il était capable d'être dépouillé par une bande de vagabonds.

Le taxi s'engagea dans l'*avenida* Nossa Senhora de Copacabana.

—Vous vous arrêterez à l'angle de la *rua* Joaquim Nabuco.

Le chauffeur gara son véhicule à cheval sur le trottoir.

Manuel était à l'entrée du Tip Top Fast dans son maillot rayé de travail, sans béret.

—Edson et João sont là?

—Je ne les ai pas vus aujourd'hui.

—S'ils passent, avertis-les que le rendez-vous a été déplacé à dix-huit heures trente dans le tunnel entre l'*avenida* Princesa Isabel et le centre Rio Sul.

Manuel répéta l'heure et le lieu, Justin regagna son taxi.

À la mention de Raffi Kavafian, le réceptionniste de l'hôtel Iberostar tira avec un grand sourire une épaisse enveloppe d'un tiroir. Justin l'échangea contre son deuxième chèque.

De retour sur le trottoir, la pendule sur le terre plein central de l'*avenida* Princesa Isabel marquait dix-sept heures trente. Justin savoura le luxe d'être en avance. Au lieu de courir, il avait le temps de la réflexion. C'était une chance et un danger. De l'autre côté de l'*avenida* Princesa Isabel, le drapeau du consulat canadien lui tendait les bras. Justin le regarda longtemps, tenté de répondre à son appel, puis il traversa l'*avenida* Atlântica et suivit la mosaïque de la promenade vers le kiosque numéro 2.

· · ·

Assis sur les marches du théâtre Villa Lobos, Justin regardait les piétons qui, par groupes de deux ou trois, parfois plus, mais jamais seuls, entraient et sortaient du tunnel. Il était dix-huit heures vingt à sa montre, le soleil s'était couché, il ne faisait pas encore nuit. Des minibus blancs défilaient devant lui, aucun ne semblait le bon. Il appela son téléphone et laissa un long message qui le tranquillisa. Il attendit encore deux minutes, mais Edson et João ne se présentèrent pas.

Justin se leva et prit son courage par la main. Dans le tunnel, il pourrait compter sur lui seul. Même le téléphone cellulaire d'Edson serait incapable de lui venir en aide, le signal ne passerait pas. Les ravisseurs de Xuxa le tiendraient à leur merci.

Il descendit les marches du théâtre et se plaça derrière trois étudiants vêtus du polo blanc et orange de leur cours privé. Sur leurs talons, il pénétra sous la voûte sombre. Il se jetait dans la gueule du loup, les yeux grands ouverts. La peur ne le prendrait pas en traître, il l'attendait.

Chaque matin, il empruntait le tunnel, sous la conduite d'Aurelio, mais y posait pour la première fois le pied. Une rambarde métallique séparait la voie piétonne du trafic automobile. Les voitures et les bus mugissaient dans son dos et le frôlaient. Le bruit ricochait sur les murs sans trouver la sortie et étourdissait. L'air était vicié, les faisceaux des phares teintaient l'obscurité d'un jaune maladif.

Justin ralentit le pas, il était au tiers du tunnel. Les étudiants le distancèrent. Il se retourna. Un individu marchait seul, à une vingtaine de mètres. Justin sentit les premières fourmis dans son bras droit, il le massa contre l'engourdissement.

Un minibus le dépassa, alluma ses feux de détresse et se gara contre le parapet. Un homme descendit par la porte avant droite et enjamba la rambarde. Justin s'arrêta à dix mètres. Son vis-à-vis avait environ trente ans et la mine de l'emploi. Il cria par-dessus le trafic.

—Vous avez l'argent?

Justin reconnut son anglais de mauvais garçon brésilien. Il sortit une enveloppe de sa poche et l'agita. L'homme lui cria d'approcher.

—Où est Xuxa?

L'homme rouvrit la porte avant droite du véhicule. Justin avança de quelques pas. Il aperçut les traits fatigués de Xuxa dans le rétroviseur, puis le *bandido* la tira par le bras et elle tourna vers lui un visage d'otage sans expression.

— Laissez-la descendre.

— Donnez-moi l'argent.

Justin secoua la tête. Son interlocuteur tordit sa bouche dans un rictus.

— Nous n'avons pas l'éternité devant nous.

Deux piétons dépassèrent Justin et accélérèrent le pas. Il répéta sa demande.

— Xuxa d'abord, l'argent ensuite.

Le *bandido* adressa un signe de tête au tunnel. Justin se retourna. Le piéton entré derrière lui l'observait. Dans le contre-jour des phares, Justin reconnut l'Indien de l'enlèvement de Xuxa.

Le cœur de Justin battit plus vite. Il avait peur. Son bras droit éprouvait des picotements mais lui obéissait, son cerveau aussi. Il rempocha l'enveloppe.

L'Indien marcha vers lui d'un pas tranquille. Justin se raidit contre la panique. Elle ne vint pas. Il sentit à peine un grand calme. La scène passa sous ses yeux au ralenti et lui apparut d'une aveuglante clarté. Ils allaient l'enlever à son tour.

Il ne ressentait plus de picotements au bras ; la peur l'avait abandonné à l'instant où elle devenait presque honorable. Il n'était pas menacé par deux jeunes de son âge qui ne payaient pas de mine, mais des adultes. La lâcheté était dans leur camp, il n'y avait plus de honte à avoir peur, mais, avec la honte, la peur aussi s'en était allée.

Justin fit face à l'Indien, sans illusion. Son assaillant le saisit aux épaules, puis le força à pivoter. Ses bras passèrent sous les aisselles de Justin, puis ses mains se rejoignirent derrière sa nuque. Elles la pressèrent de toutes leurs forces pour le pousser vers le minibus.

Justin se débattit, possédé d'une sainte colère. Ses coudes labouraient l'air, son talon gauche percuta au hasard une rotule.

L'Indien hurla et desserra sa prise. Justin s'agrippa à la rambarde. Son partenaire en crime vint à l'aide de l'Indien. Ils basculèrent Justin par-dessus le parapet. Le chef de l'opération martela des deux poings les mains de Justin. La gauche lâcha prise, la droite resta crispée sur la barre en fer. Justin résistait, et comptait les secondes ; un piéton pouvait intervenir, la police, alertée par un téléphone, surgir.

Un jet de lumière l'éblouit, il cligna des yeux. Les coups sur sa main s'espacèrent, la pression sur sa nuque s'atténua. Il put tourner la tête. Un scooter de livraison Tip Top Fast était arrêté derrière le minibus. Manuel tenait le guidon. Assis derrière lui, Edson brandissait un caméscope. Descendu sur la chaussée, João éclairait la scène d'une lampe torche.

Ses agresseurs se concertèrent par-dessus la tête de Justin, puis le lâchèrent. L'Indien entrouvrit la porte coulissante au flanc du minibus et embarqua. Son acolyte hésitait, suivi par l'objectif d'Edson. Il se protégea le visage et perdit son anglais.

— *Para de filmar* [30].

Justin répondit de libérer Xuxa. Le *bandido* ouvrit la porte du passager avant et signala à Xuxa de descendre. D'une bourrade dans le dos, il la poussa vers Justin. Elle trébucha, puis se rétablit derrière lui, entre le scooter et le parapet.

Un coup de klaxon strident les rappela au monde, une voiture les évita d'un cheveu. Même aux prises avec un gang, le premier risque à Rio restait de mourir écrasé. Justin s'avança vers le *bandido* et ressortit l'enveloppe. L'homme la saisit et l'ouvrit. Il compta les billets et secoua la tête, son rictus réapparut : « Il en manque beaucoup. »

— Je sais.

Edson filmait toujours.

— Où est le reste ?

Justin tira une clé de sa poche.

— L'accord était la fille contre toutes les dettes de la famille.

— Pas de m'enlever à mon tour et me garder, avec l'argent et Xuxa.

— Si vous essayez de nous jouer un tour, nous savons où vous retrouver, la fille et sa mère aussi.

---

[30] Arrête de filmer.

Justin haussa les épaules.

— Je ne suis pas idiot.

— Alors, donne la clé et dis où est l'argent.

— Où sont Bota et Fogo?

— Pourquoi?

— Leur donner la clé et leur dire ce qu'elle ouvre.

Son interlocuteur s'avança. Justin craignit d'avoir poussé trop loin sa chance, mais, après une bordée de menaces, l'homme fit demi-tour et ouvrit en grand la porte coulissante du minibus. Bota et Fogo étaient assis côte à côte sur la banquette centrale. Justin mit un pied dans l'habitacle.

— Ça va comment?

Bota réussit un sourire presque vaillant.

— Déjà mieux.

Fogo renifla. Leurs visages ne portaient aucune trace de coups. Justin se pencha vers Bota, il lui donna la clé, puis murmura à son oreille quelle porte elle ouvrait. Bota acquiesça. Justin chercha un mot de réconfort, mais le souvenir de son agression s'interposa. Il leur adressa un signe de tête et ressortit du minibus.

Le chef de bande exhiba une dernière fois son rictus et son anglais.

— Fier de toi?

Sans attendre de réponse, il remonta à l'avant du véhicule qui démarra. Edson le suivit avec sa caméra et continua à filmer bien après sa disparition dans le trafic. Justin, João et Xuxa restaient eux aussi à fixer le bout du tunnel, incrédules que tout fût fini.

Edson éteignit son caméscope et les rejoignit à l'abri du passage pour piétons. Manuel remit le scooter en marche.

— Je vous retrouve à la sortie.

Il s'évanouit dans la circulation.

Les quatre s'arrachèrent à l'immobilité et marchèrent sans parler, à contre-courant des phares, vers Copacabana. L'adrénaline de Justin retomba, ses jambes flageolèrent. À leur sortie du tunnel, la nuit avait eu le temps de tomber. Les lampadaires et les néons des *lanchonete*s s'étaient allumés, Copacabana avait enfilé comme chaque soir ses habits de village. Justin eut l'impression de rentrer chez lui.

Manuel les attendait, assis sur son scooter, devant l'hôtel Iberostar. Ils s'enfoncèrent dans la tranquillité de la première rue transversale.

João commanda une galette au tapioca à un marchand ambulant, puis deux de plus pour Xuxa et Manuel. Justin avait la gorge sèche de la pollution du tunnel et de ses émotions. Il acheta dans une *lanchonete* une canette de Coca-Cola qu'il partagea avec Edson.

— Où est mon... bâtard ?

— M. Langevin a refusé de nous le rendre. Il te le remettra en mains propres, s'il n'est pas devenu dépendant.

Edson suivit Justin à l'angle de l'*avenida* Atlântica. Ils s'assirent sur le rebord du trottoir. Justin observait, de l'autre côté de l'avenue, le kiosque numéro 2. Bota émergea de l'escalier d'accès aux douches et aux vestiaires du sous-sol. Il se dirigea vers le minibus blanc, garé contre le trottoir, et y monta, une enveloppe à la main. Le véhicule démarra. Justin le salua de la canette avec le vœu de ne jamais le revoir.

— Sans notre arrivée, tu étais dans de sales draps.

— Vrai.

— Tu n'avais pas pensé qu'ils tenteraient de t'enlever à ton tour?

— Si.

— Alors?

— Ton ami Robert t'aurait appelé pour te dire qu'il avait une lettre de moi à ton attention. Elle t'aurait appris qu'un tiers de l'argent se trouvait dans le vestiaire 22 du kiosque 2 sur Copacabana. Quand les ravisseurs seraient venus le chercher, la police les aurait arrêtés ou suivis jusqu'à Xuxa et moi.

— Où est cette lettre?

— Dans une enveloppe au nom de Robert à la boutique Stern de l'hôtel Iberostar.

— Brillant, mais si tu avais révélé sous la torture la localisation de l'argent avant que Robert m'appelle?

— M. Langevin n'aurait eu qu'à taper « basterd » pour trouver la même information sur ma messagerie.

— Nous aurions mieux fait de ne pas venir, tu aurais économisé de l'argent.

Edson repassa la canette à Justin pour la dernière gorgée. Il l'avala, puis écrasa la boîte d'aluminium dans sa main droite.

— Je ne vous en veux pas, l'intention était bonne.

— Si tu t'étais retrouvé face à un revolver dans le tunnel ?

Justin secoua la tête.

— Ils n'auraient jamais osé, ça n'aurait pas été de bonne guerre.

Edson leva les yeux au ciel, puis les ramena sur son ami.

— Au cas où ? Tu aurais enfilé l'immunité diplomatique de ton père comme gilet pare-balles ?

— Tu devines tout.

Edson tapa sur l'épaule de Justin et ils rejoignirent leurs amis. Xuxa émergeait lentement de son mutisme, elle offrit une bouchée de sa galette à Justin.

— Elle est à quoi ?

— *Romeu e Julieta.*

Justin mordit dans la pâte et sourit de plaisir.

— *Melhor que as minhas* [31] ?

Il indiqua sa bouche pleine pour ne pas répondre. Le visage de Xuxa esquissa un sourire encore incertain.

— *Hipócrita.*

L'heure de pointe approchait pour les livraisons Tip Top Fast. João et Edson se serrèrent à nouveau derrière Manuel. Le scooter coupa le trafic et tourna à gauche, puis se perdit entre deux bus.

---

[31] Meilleure que les miennes ?

Xuxa s'était éloignée de quelques mètres et parlait dans son téléphone cellulaire. Après quelques phrases, elle appela Justin et lui transmit l'appareil.

— C'est ma mère.

La voix de Márcia lui parut émue, peut-être à cause de la liaison médiocre. Il écouta avec attention ses promesses : il pouvait lui demander n'importe quoi en remerciement de la libération de Xuxa. Justin avait gagné son entrée dans la *favela do Pavão*.

— J'ai besoin de marcher, tu m'accompagnes ?

Xuxa accepta de la tête. Ils traversèrent l'*avenida* Atlântica et remontèrent la promenade. Le fort de Copacabana brillait tout au bout de la plage. Justin avait deux kilomètres et demi de bord de mer pour parler à Xuxa. La peur le rattrapa.

Ils dépassèrent le kiosque 3. Xuxa prit les devants et le remercia. Les mots sortirent avec difficulté, sans doute pas du cœur : libérée grâce à Justin, elle changeait de son point de vue à peine de débiteur.

Pour empêcher le silence de retomber, Justin parla des cours qu'elle lui donnerait. Ils envisagèrent un calendrier et leur contenu. Ni l'un ni l'autre n'écoutait ce qu'il disait.

Devant l'*edifício* San Marco, Xuxa tendit la main à Justin, un vrai sourire trouva le chemin de ses lèvres.

— Merci. Vraiment.

Justin fixa un ultimatum : « Je t'accompagne jusqu'à Nossa Senhora de Copacabana. »

Ils se remirent en marche et Justin parla enfin, bien sûr pas comme il l'aurait souhaité. Sa mémoire ne retrouva pas les mots préparés.

—J'avais des boutons de manchette dans ma table de nuit. C'était un cadeau de mon grand-père. Je ne les trouve plus. Tu pourrais m'aider à les récupérer?

Xuxa fronça les sourcils, une fossette creusa son front à la naissance du nez. Justin trouva charmante son expression de feinte incompréhension. Ils s'arrêtèrent face à l'entrée de la *favela*.

—Ils ont disparu alors que tu remplaçais Márcia. Si tu les a pris pour l'aider à rembourser les dettes de son demi-frère, dis-le, ce n'est pas grave. Je voudrais savoir ce qu'ils sont devenus pour tenter de les racheter. Tu comprends?

Son regard lui répondit. Il pétrifia Justin, puis une gifle formidable s'abattit sur sa joue droite. Xuxa s'enfuit en courant et disparut dans la *favela*. Il resta stupide et étourdi, la main sur sa joue brûlante. C'était sa première gifle d'une fille, à part sa sœur.

· · ·

François D. était assis dans le noir, sur la terrasse de la *cobertura*.

—Prépare-toi, Justin, nous allons être en retard.

Justin se rappela sa promesse d'assister à la réception pour le maudit ministre français qu'il avait déjà trop vu. Il se dirigea dans sa chambre. Márcia avait sorti son smoking sur son lit.

Justin s'habilla. Il ajusta le col de sa veste, puis alla sur la terrasse et s'adressa au dos de son père.

— Je ne comprends pas, je ne retrouve pas mes boutons de manchette.

Comme avec Xuxa, sa voix sonna faux à ses oreilles. Après un silence, le consul lui répondit sans se retourner.

— Ils ne sont pas perdus. Je les avais empruntés lors de mon voyage à Brasília et mis au coffre à mon retour. Je croyais te l'avoir dit.

Son père jouait encore plus mal que lui. Justin respira un air aussi vicié que dans le tunnel. Il ne s'était pas trompé. Ses boutons de manchette avaient bien été volés. Par son père. Il les avait subtilisés à son insu, puis conservés. Justin cria presque.

— Tu aurais pu t'en souvenir plus tôt.

François D. tourna la tête, il souriait avec ironie.

— Ils ne t'ont pas manqué beaucoup pour que tu t'en aperçoives à peine aujourd'hui.

Le pot-pourri d'émotions qui brassait Justin l'inspira.

— Je semblais avoir des soucis jeudi dernier ? C'est vrai, j'en avais. Mes boutons de manchette avaient disparu, je soupçonnais Márcia. Je n'imaginais pas que, le voleur, c'était toi.

François D. perdit le sourire, il lança à Justin un regard effaré, puis se leva et passa à côté de lui sans un mot. À son retour, Justin n'avait pas bougé ; un petit écrin en cuir bordeaux se posa dans sa main.

—Justin. Je suis désolé. Vraiment.

Au ton lamentable de son père, la colère de Justin retomba. Sa voix disait l'ampleur de son humiliation à voir les boutons de manchette sauter une génération pour atterrir aux poignets de son fils. Son père l'avait renié comme fils, l'ex-ambassadeur comme consul général.

—Garde-les si tu veux.

—Ils sont à toi. J'aurais dû te demander l'autorisation de les emprunter.

—On tire au sort qui les porte ce soir?

—Ta mère m'a interdit de jouer à la roulette russe avec toi.

—On en met chacun un?

—Nous ferions pauvre, le Canada n'y consentirait pas.

—On les replace au coffre et les oublie?

—Ton grand-père serait vexé.

—Alors?

—Tu les portes. Tu n'en as pas d'autres.

Chapitre 8
Olorun

La salle de bal du Copacabana Palace brillait de tous ses lustres. Posté sur la moquette pistache du couloir, Justin la contemplait à travers ses portes grandes ouvertes. Un quatuor à cordes jouait une purée classique. Les serveurs patinaient sur le parquet luisant, les plateaux de petits fours roulaient et tanguaient sur leurs mains sans faire naufrage. Les convives en smoking et robes de soirée rivalisaient de sourires et de traits d'esprit, dont des bribes énigmatiques atteignaient Justin dans un pot-pourri de langues.

L'atmosphère semblait compassée, sinon quétaine, mais Edson l'avait averti : passé le douzième coup de minuit, le réveillon du corps diplomatique se dépravait à l'égal des plus réussies orgies du carnaval.

Justin suivait des yeux le profil de son père, bien

en vue au centre de la salle. François D. saisit un petit four sur un plateau qui filait sous son nez. Il l'offrit à une jeune femme, qui y mordit à pleines dents. En tenue moins indécente, elle aurait charmé l'œil : du rose des pâtisseries qui donnent mal au ventre, sa robe aurait choqué même dans un bal de finissants. Justin se la rappela autrichienne et prénommée Birgit d'un cocktail au consulat slovaque où il l'avait croisée en vert pomme. Quand elle rouvrit la bouche, ce fut pour parler, Justin imagina les dialogues qu'il allait interrompre.

—Vous avez de très beaux boutons de manchette, François.

—Mon fils me les a prêtés. À titre exceptionnel.

—Vous aimez les viennoiseries ?

—Quand elle s'appellent Birgit.

—Vous êtes un vilain garnement, François. Que diriez-vous d'une fin de réveillon chez moi, devant le concert du nouvel an à Vienne ?

Le couple pivota d'un quart de tour et Justin découvrit son père de face. À son sourire égrillard, les dialogues qu'il venait d'inventer collaient trop bien à la réalité. Justin regarda sa montre : il était un peu tôt, mais plus que temps d'intervenir. Il sortit son téléphone cellulaire.

—C'est Justin. Je ne me sens vraiment pas bien. J'ai de la fièvre. Tu peux rentrer ?

Justin vit un masque soucieux chasser tout sourire du visage du consul.

—Bien sûr.

François D. replia son téléphone et, la mine grave, avisa sa compagne du malheureux imprévu. Ses lèvres frôlèrent sa main, puis formèrent des vœux de bonne année, et il se dirigea vers les portes ouvertes.

Justin se replia sur le trottoir de l'*avenida* Atlântica. La chaussée était fermée au trafic. La ville convergeait en flots serrés sur Copacabana. Trois grandes scènes avaient été dressées sur la plage. Depuis la tombée de la nuit, des concerts y scandaient à coups de décibels le compte à rebours vers le nouvel an. La bière et la *cachaça* commençaient à couler. Latrines et policiers alternaient aux coins des rues.

François D. émergea du palace blanc. Justin se glissa dans son dos et lui toucha le coude. Le consul sursauta.

—Qu'est-ce que tu fais là?

—J'avais peur que tu ne retrouves pas le chemin de l'appartement.

—Merci de ta confiance, alors que tu porterais plainte à la commission des droits de la personne si je pointais le nez à moins d'un kilomètre d'une réunion entre toi et tes amis.

—Alors, tu l'as échappé belle le soir de la choucroute. La terrasse de la résidence est grande, mais pas à ce point-là.

François D. haussa les épaules:

—Tu seras un père abusif et ta fièvre était en avance de cinq minutes: vingt et une heures cinquante-cinq au lieu de vingt-deux heures.

— Je t'ai senti en mauvaise posture face à une espionne déguisée en colorant artificiel.

— Birgit est une jeune femme charmante et peut-être daltonienne.

— Qui te menait droit à une indiscrétion.

Les smokings étaient rares dans la foule bigarrée et encore bon enfant. Le consul enfouit ses boutons de manchette au fond de ses poches et prit avec Justin la direction de l'*edifício* San Marco.

La foule se solidifiait un peu plus à chaque pâté de maisons, le bord de mer serait bientôt rempli à capacité. Justin et son père progressaient à petits pas, épaule contre épaule, comme dans la neige et face au vent. Un remous sur le trottoir les amena nez à nez avec Bota et Fogo, vêtus d'un teeshirt aux couleurs du Canada. Justin détourna la tête, ils tentèrent une retraite, mais François D. les arrêta avec ses vœux de bonne année, puis de les revoir bientôt à la *cobertura*. Bota et Fogo acquiescèrent timidement, puis un nouveau remous emporta au loin leurs tresses en tire-bouchon et leurs cheveux décolorés.

— C'est important, Justin, que tu rencontres des garçons comme eux et pas juste des élèves du lycée français, mais n'imite pas leurs coupes de cheveux.

Le portier chef de l'*edifício* San Marco avait sorti sa chaise sur le trottoir, son air bougon décourageait toute intrusion. À la réception, Pedrinho souriait rêveusement.

Douze étages plus haut, la table était mise sur la terrasse. Xuxa y disposait des chandelles, Justin les alluma.

Márcia les rejoignit, elle sortait de la cuisine, deux perles de sueur sur le front, dans une robe blanc cassé sans manches qui reposait la vue après le rose autrichien. Justin la remplaça aux fourneaux et mit la dernière main à ses propres préparations.

François D. rangea les boutons de manchette de l'amitié canado-brésilienne au coffre, puis monta à son bungalow. Il se changea et enfila une chemise à manches courtes avec un regard de regret pour les dix paires de boutons de camelote, que lui et Justin s'étaient offerts la veille de Noël afin de se les échanger, emprunter, dérober, égarer sans conséquence.

À son retour sur la terrasse, Xuxa jouait avec son collier de perles roses, assise seule à la table.

—Tu es aussi interdite de cuisine ?

Elle fit signe que oui, il choisit la chaise à sa gauche.

Márcia et Justin arrivèrent, chargés de leurs premiers plats. Márcia avait cuisiné pour Justin et son père, Justin pour Xuxa et sa mère ; le Brésil offrait au Canada une salade à la *carne do sol* et aux noix de l'Amazone, puis un *vatapá*, le Canada servait des noix de Saint-Jacques fumées aux copeaux d'érable, puis des escalopes de saumon au vinaigre de bleuets.

Les Canucks arrosèrent leur repas de mandarine et gingembre, en jus pour Justin, en *batida* pour le consul ; les *Carioca*s dégustèrent un cidre de glace et un vin de l'Okanagan soustraits à la pendaison de crémaillère.

Chaque camp fit honneur à la gastronomie de

l'autre. Justin abandonna la conversation au consul. C'était sa première résolution de nouvelle année : être hypocrite ; ne plus s'énerver du cabotinage paternel, mais en tirer parti.

Son père serait désormais son poisson-pilote. Il charmerait, poserait ses banderilles, Justin apparaîtrait à l'heure de l'estocade. Soûlée par le charme sans substance de son père, Xuxa ne résisterait pas à son sérieux un peu terne et sa délicatesse reposante.

Tandis que François D. affichait le même brio qu'à la soirée choucroute, Justin se surprit par contagion à être plusieurs fois amusant, certes aux yeux de Márcia plus que de Xuxa.

Ce fut un souper heureux après un triste réveillon de Noël. Les deux Canadiens avaient tué le temps dans une salle de cinéma, puis un restaurant qui avait pour seul mérite d'être ouvert, entourés de touristes déprimés. Leur soirée s'était achevée devant les guirlandes électriques du sapin synthétique de leur salon.

Le lendemain, les lignes de téléphone entre Rio et le Québec n'avaient pas dérougi.

Justin avait entendu la voix de sa sœur pour la première fois depuis son départ de Gatineau. Ils avaient échangé leurs potins sur leurs parents.

— Il paraît que tu es facile à vivre, petit frère, même parfois agréable et presque amusant. Le paternel ne s'y attendait pas, tu l'as pris par surprise. Il est conquis.

Justin avait cru mal entendre, elle avait répété. À

l'issue de la conversation, Justin avait pris une seconde résolution : il serait facile à vivre du lundi au vendredi, surtout aux petits-déjeuners, et impossible en fin de semaine jusqu'à dégoûter son père de sa compagnie.

Les deux menus fusionnèrent au dessert : galettes de tapioca au sirop d'érable pour tout le monde. Une immense clameur monta de la plage. Justin et son père, Xuxa et sa mère levèrent leurs verres à la nouvelle année, puis échangèrent des *abraços*, des bises et leurs vœux. Justin garda sa longue liste sous son bras.

La première fusée du feu d'artifice les attira à la rambarde. Sous eux, Copacabana était comble. Le 31 décembre était aussi la fête de Iemanjá, mais aucune de ses filles n'aurait pu se frayer un passage jusqu'à l'eau et honorer la déesse. Joaquim disait qu'elles descendaient sur les plages à l'aube, entre les derniers fêtards et les premiers éboueurs.

Le bouquet final partit du promontoire de Leme et parcourut tout le rivage. Les dernières fusées jaillirent du fort de Copacabana, l'armée ne tirait plus que pour le plaisir des yeux.

Les applaudissements s'éteignirent après le ciel. Justin et Márcia donnèrent le signal du départ. Justin prit les sacs de beignes qu'il avait cuisinées, le consul saisit les bouteilles de whisky pur malt et d'alcool de prune offertes par ses collègues écossais et tchèque.

La foule battait les murs de l'*edifício* San Marco. Aux coins de rues, les policiers, casqués, ne souriaient plus.

Leurs armes de travail pendaient à leurs ceintures.

Ils tournèrent à la file indienne dans la *rua* Sá Ferreira. La nouvelle année sentait le vomi et l'urine. Des familles pressaient le pas, anxieuses de quitter la fête tant qu'elle en était une. La foule s'éclaircit. Au croisement de l'*avenida* Nossa Senhora de Copacabana, le feu clignotait à l'orange. De l'autre côté, ils se retrouvèrent seuls.

Márcia et François D. marchaient en tête, suivis de Xuxa. Justin se laissa distancer pour franchir seul la frontière invisible sur laquelle il butait depuis son arrivée. Il savoura l'instant, puis un pas le conduisit de l'autre côté du miroir, dans la *favela do Pavão*.

Menés par Márcia, ils remontèrent la *rua* Saint Roman, puis grimpèrent à flanc de *morro*, par les volées de marches et les passages creusés entre les habitations.

Justin avançait « pour de vrai » dans un pays qu'il avait presque cru imaginaire. Avec la sensation de déjà-vu de certains rêves, il découvrait un territoire à sa manière familier. Il reconnaissait des maisons, des sentiers, des panoramas, épiés de la terrasse de la *cobertura* à travers les jumelles de João. Il remontait des ruelles parcourues dans les trois dimensions de sa *favela* virtuelle. Il retrouvait, à l'identique ou bouleversé par le temps, mais vidé du talent du peintre, le cadre des tableaux de Beto et accrochait aux coins des maisons, comme leur véritable adresse, les numéros de ses toiles.

Il arpentait la *favela do Pavão* en chair et en os,

pourtant un sentiment d'irréalité ne l'abandonnait pas. C'était bien elle, et cependant non. La nuit et la fête la transfiguraient. Il marchait dans la *favela* idéale d'une nuit de réveillon. La trêve du nouvel an occultait sa violence et ses trafics ; l'obscurité, sa saleté et sa misère.

Comme un volcan, la vraie *favela* pouvait se réveiller. Justin aurait aimé que son père parle moins fort dans ses rues en apparence vides et scrutait ses puits d'obscurité. Il n'avait pas peur, mais restait sur ses gardes.

Ils grimpèrent encore vers le cœur du village paria. Les concerts de Copacabana s'estompèrent dans leur dos, une musique viscérale descendit de la montagne à leur rencontre.

Le chemin tourna à gauche et Justin sut qu'ils étaient presque arrivés. La pénombre s'illumina, le bruit éclata dans ses oreilles comme s'il les débouchait. Il sourit sans le vouloir, comme le premier jour face au Corcovado.

C'était la grand-place de la *favela*, son forum sans nom, un vaste triangle presque plat posé comme un plateau sur les flancs du coteau. Justin la connaissait par les cahiers de Beto, et la toile accrochée dans sa chambre, sur laquelle il ouvrait chaque matin les yeux. Ici, un jour, se célébrerait le jumelage du comté de Charlevoix et du paon, devant tous les invités convoqués par l'imagination de Justin.

Une estrade avait été montée dans une pointe du

triangle, son plancher tremblait sous les bottes d'une chanteuse moulée de paillettes vert pâle, qui s'égosillait sur un rythme débridé, martelé dans son dos par un orchestre de percussions. À leurs pieds, toute la *favela* dansait et chantait.

Márcia leur présenta les piliers de la communauté, dont le vacarme noya les noms. Justin entama leur conquête et serra leurs mains comme le lui avait enseigné son grand-père : longtemps, sans les secouer, les yeux droits dans les leurs. Il en reconnut certains de sa galerie de portraits. Une partie de leur vie lui revint : leur métier, leur lieu de travail, parfois leur nom et même leur maison, où il avait assisté par la fenêtre ouverte à leurs dîners ou disputes en famille. Manuel n'était pas là : il passait à l'hôpital son dernier réveillon avec Beto.

Justin contemplait la place, la scène, les couleurs, le monde, humait les odeurs de viande grillée et la douceur de l'air et songeait aux bals du Québec, la nuit de la Saint-Jean-Baptiste. Ici, saint Jean-Baptiste s'appelait Xangô, il était l'*orixá* des éclairs et du tonnerre, mais aussi de la justice, la mère de Justin travaillait dans son ministère. Justin aurait pu croire aux signes.

Márcia l'invita à danser, il la suivit. La foule leur libéra un passage. Son père et Xuxa les rejoignirent. Justin mima de son mieux les gestes de Márcia. Les corps des couples voisins ondulaient de conserve, se frôlaient et s'effleuraient, coulissaient les uns sur les autres comme des pistons lubrifiés de sueur.

Le consul réduisit ses distances avec Xuxa au rythme de ses progrès, sans franchir la frontière de la retenue diplomatique et la décence. La danse finie, il se tourna vers Márcia. Justin se retrouva face à Xuxa, mais un garçon plus âgé l'enleva.

Justin ressortit sans amertume du cercle des danseurs : il avait envie de regarder plus que de participer. Il se mêla aux spectateurs. La vie idéale de Justin passerait ainsi, par la magie d'un interrupteur, de la célébrité à l'anonymat, des feux de la rampe à l'invisibilité : il se rêvait un destin de lune, entre faces brillante et cachée.

Justin se glissa derrière la scène. La profondeur de la nuit le surprit, il trouva à tâtons un goulet entre deux murs. Il savait qu'au bout se profilerait un petit escarpement rocheux, où ses jumelles avaient parfois surpris des amoureux.

Cette nuit, il était désert, le rideau des maisons réduisait la musique à une arrière-pensée. Une pierre ronde attendait de toute éternité qu'il s'y assît. L'immensité du monde confronta Justin. Son regard embrassait le ciel et l'océan, Oxalá et Iemanjá. Oxossi, la lune, était couchée. Il était suspendu entre deux voies lactées, les étoiles dans le ciel et le bandeau lumineux de Copacabana à ses pieds. D'ici, le cosmos était à nouveau un.

Justin ressentait une douceur indicible et une merveilleuse mollesse. Son corps mollissait comme les petits bonshommes en guimauve, il se fondait dans le monde. Justin s'abandonnait à l'univers avec une absolue confiance, l'univers le récompensait d'un absolu relâchement. Pour la première fois, son existence était vide de toute tension, toute inquiétude l'avait quitté. Il expérimentait bien vivant la plénitude rapportée comme une nostalgie de la demi-mort de son accident. Il était *mellow*, comme dans cette vieille chanson favorite de sa mère.

Le 25 décembre au matin, Justin avait trouvé au pied du sapin synthétique une enveloppe à son nom. Un coursier du consulat britannique l'avait déposée la veille au bureau de son père. Elle contenait un exemplaire français du *Désert des tartares* et, sur un bristol blanc, un « Joyeux Noël, Justin » signé William.

Justin était rendu au milieu du récit. Un jeune officier, affecté à un fort, sur une frontière, au milieu de nulle part, contemplait, du haut de ses remparts, le désert, dans l'attente d'une attaque qui ne venait pas. Les années passaient, son attente se prolongerait peut-être tout le roman et toute sa vie. Justin s'imagina capable d'attendre sans fin, sur ce rocher, entre ciel et océan, il ne savait quoi.

Un bruit dans son dos le tira en sursaut de son ivresse contre nature. Le Justin anxieux de tous les jours se retourna sur une adolescente. Il la voyait mal, mais la trouva belle, comme toute cette nuit. Elle s'approcha et lui sourit.

— *Você quer dansar* [32] ?

---

[32] Tu veux danser?

Sa voix était douce. Il se leva et la suivit. Elle le ramena au monde des corps, de la fête et de l'électricité. Il la vit en pleine lumière et continua de la trouver belle. Elle prit sa main et le guida parmi les danseurs, puis ondoya au rythme des percussions. Sa poitrine et ses hanches démentaient son visage d'enfant. Son corps traça des ronds dans l'espace. Elle lui transmit comme un envoûtement sa souplesse. Le cœur du Justin battit au rythme du sien, il se cala sur son tempo vital et ils vibrèrent à l'unisson.

Justin s'oubliait face à elle comme tout à l'heure face au cosmos. C'était le même sentiment de fusion.

Son entrejambe appliqua une pression délicieuse sur la toile de son pantalon. Justin comprit qu'après une longue attente, plus qu'une nouvelle année débutait pour lui.

GLOSSAIRE

A

abiâ : novice (*candomblé*)

abraço : embrassade, accolade

acarajé : beignet à la pâte de haricot, farci aux crevettes (spécialité culinaire bahianaise)

almirante : amiral

arco-íris : arc-en-ciel

arpoador : harponneur

A ponta — la pointe rocheuse — et *a praia* — la plage — *do Arpoador* s'étendent sur 500 mètres entre le fort de Copacabana et la plage d'Ipanema. Aujourd'hui très fréquentées par les surfeurs, les eaux à proximité auraient attiré dans le passé les baleines et leurs chasseurs, d'où le nom de *arpoador*, le harponneur, donné à ces sites.

assalto : agression

assaltante : agresseur

avenida : avenue

L'*avenida* **Atlântica** longe la plage de Copacabana tandis que, sa parallèle, l'*avenida* Nossa Senhora de Copacabana est la principale artère commerciale du quartier.

B

babalaô : devin, prêtre d'Ifá (*candomblé*)

babalorixá : père de saint, chef du culte afro-brésilien et du *terreiro* (*candomblé*) ; synonyme de *pai de santo*

babalosaim : prêtre des plantes rituelles (*candomblé*)

bandido : bandit, gredin

barra : barre, bande ; désigne au Brésil une bande de terre entre l'océan et une lagune

Barra da Tijuca : extension sud de la ville de Rio de Janeiro

barzinho : petit bar

batida : cocktail de *cachaça* et de jus de fruits

bolinho : boulette

bolinho de bacalhau : acra de morue

bom-dia : bonjour

bori : cérémonie nécessitant un sacrifice animal et destinée à renforcer la tête du fidèle avant son initiation complète (*candomblé*)

La **bossa nova** (littéralement la « nouvelle bosse » d'où, au sens figuré, la « nouvelle aptitude », puis la « nouvelle manière ») est un style musical dérivé de la samba et influencé par le jazz, créé à la fin des années 1950 à Rio de Janeiro par des compositeurs tels qu'Antônio Carlos Jobim et João Gilberto.

Botafogo : quartier de la *Zona Sul* de Rio de Janeiro sur la baie de Guanabara, club de *futebol carioca*

C

caboclo : cabocle, métis de Blanc et d'Indien

cachaça : alcool de canne à sucre

cafezinho : espresso

caiçara : habitant du littoral, pêcheur

caipirinha : cocktail de *cachaça*, citron vert, sucre et glace pilée ; diminutif de *caipira*, mot souvent péjoratif – péquenaud, plouc – utilisé pour désigner les habitants de la province

candomblé : à la fois, lieu où se célèbrent les fêtes religieuses afro-brésiliennes (aussi appelé *terreiro*) et ensemble des cérémonies religieuses afro-brésiliennes.

La *capoeira* est un mélange de danse, style de combat, discipline acrobatique et attitude de vie.
Elle comprend deux écoles principales, établies dans les années 1930 par deux grands maîtres – *mestres* – de Salvador da Bahia.

La *capoeira angola* de *Mestre* Pastinha constitue la forme traditionnelle de la *capoeira*, tandis que la *capoeira regional* de *Mestre* Bimba développe sa dimension d'art martial. L'essor de la *capoeira* à partir des années 1970 a conduit à la création de nombreux autres courants et écoles, mais la tendance est aujourd'hui à un retour à la tradition de la *capoeira angola*. Les capoeiristes forment une ronde – *roda* – où ils se défient en affrontements rythmés par des chants et musiques jouées sur des arcs musicaux, des tambours et d'autres instruments de percussion.

Carioca : habitant de Rio de Janeiro

carioca : originaire de Rio de Janeiro

carne de sol : viande bœuf salée et grillée ; spécialité du Ceará

Ceará : État du Nordeste brésilien

chinelos : tongs

Cidade Maravilhosa : ville merveille, ville merveilleuse ; surnom de Rio de Janeiro

clube : club

clube de regatas : club de voile ; les quatre grands clubs de *futebol* de Rio de Janeiro (Botafogo, Flamengo, Fluminense, Vasco de Gama) étaient à l'origine des clubs de voile

cobertura : couverture, appartement avec terrasse au dernier étage d'un immeuble

cocada : friandise à la noix de coco

conta : note, facture

Copacabana : plage et quartier de la *Zona Sul* de Rio de Janeiro sur l'océan Atlantique

Le **Corcovado** est un pic de 710 mètres de haut, situé dans la forêt de Tijuca. Son nom signifie « bossu » en portugais. Une statue, haute de 38 mètres, du *Cristo Redemptor* – Christ Rédempteur – a été construite à son sommet en 1931.

D

dar um jeito : trouver un moyen, se débrouiller

(azeite-de-) dendê : huile de palme

Desafinado est une chanson composée en 1959 par Antônio Carlos Jobim et Newton Mendonça et un classique de la bossa nova.

Desafinado : Désaccordé

E

ebó : offrande ou sacrifice d'animaux pour les *orixás*

edifício : immeuble

egun : esprit d'un mort (*candomblé*)

engenheiro : ingénieur

erê : esprit d'enfant lié à l'*orixá* de l'initié (*candomblé*)

esfiha : en-cas typique de la cuisine arabe

esfiha fechada (fermée) **:** friand à la pâte de pain

esfiha aberta (ouverte) **:** sorte de pizza

Exu : Divinité des rues et des passages dans les cultes afro-brésiliens, fréquemment assimilée au diable catholique

F

farofa : farine de manioc

Les *favelas*, favelles en français, sont des quartiers construits sur des terrains occupés illégalement et souvent insalubres. Il y aurait près de mille *favelas* à Rio de Janeiro qui regrouperaient 20% de la population de la ville. La politique actuelle de la mairie vise à intégrer progressivement les *favelas* à la ville officielle, pour aboutir à la reconnaissance des droits à la propriété de leurs habitants. La réalisation de cet objectif, souvent affiché dans le passé mais jamais concrétisé, suscite des doutes. Les premières *favelas* sont apparues au début du XXe siècle, comme conséquence de l'exode rural vers les métropoles du sud du pays. La *favela* est à l'origine une plante. L'utilisation du mot pour désigner des zones d'urbanisation sauvage tirerait sa source d'un conflit militaire à la fin du XIXe siècle, dans l'arrière-pays bahianais, entre des colons et l'armée fédérale. Des militaires avaient établi leur camp sur une colline, nommée *o morro da favela* pour l'abondance de cette plante. À l'issue de la guerre, ces soldats auraient rejoint Rio de Janeiro et se seraient installés avec leurs famille sur une autre colline, *o morro da providencia* – la colline de la providence –, qu'ils auraient rebaptisée *favela*, en souvenir de leur ancien campement.

filho, filha, filhos : fils, fille, enfants

filho de santo, filha de santo : fils, fille de saint ; initié(e) (*candomblé*)

Flamengo : plage et quartier de la *Zona Sul* de Rio de Janeiro, sur la baie de Guanabara

A Folha de São Paulo : *La feuille de São Paulo*, quotidien brésilien

frango : poulet, surnom des mauvais gardiens de but de *futebol*

futebol : soccer

G

galinha : poule

garoto, garota : garçon, fille, gamin(e)

Gávea : quartier de la *Zona Sul* de Rio de Janeiro en retrait de la mer

Gazeta Mercantil : *Gazette du commerce*, quotidien brésilien des affaires

O Globo : *Le globe*, quotidien brésilien

gringo : mot espagnol, aussi employé au Brésil, désignant de manière péjorative les Américains ou les étrangers en général

guaraná : fruit amazonien, soda riche en caféine tiré de ce fruit

H

hipócrita : hypocrite

I

ialorixá : mère de saint, chef du culte et du *terreiro* (*candomblé*), synonyme de *mae de santo*

Iemanjá : *orixá* de la mer, assimilée à la Vierge Marie (*candomblé*)

Ifá : dieu du destin (*candomblé*)

-inho-zinho : (suffixe) « petit » (ex. : Ronaldo, Ronaldinho)

Ipanema : quartier et plage de la *Zona Sul* de Rio de Janeiro

Istoé : « C'est-à-dire », hebdomadaire brésilien d'actualité

iyaô : initié (*candomblé*)

J

O Jornal do Brasil : *Le journal du Brésil*, quotidien brésilien

O jeito : La manière, le moyen, le système D

L

lagoa : lagune

lanchonete : snack-bar, forme traditionnelle de restauration rapide offrant des en-cas et sandwiches

largo : place

Le ***Largo do Machado*** est une grande place très animée, particulièrement appréciée des joueurs d'échecs, ainsi qu'une station de métro, à la jonction des quartiers de Laranjeiras, Flamengo et Catete. Son nom vient d'une boucherie dont l'enseigne représentait une grande hache – *machado.*

Leblon : plage et quartier de la *Zona Sul* de Rio de Janeiro sur l'océan Atlantique

limão : citron vert

M

mãe de santo : mère de saint, chef du culte et du *terreiro* (*candomblé*), synonyme de *ialorixá*

maracujá : fruit de la passion

Minas Gerais : État du Brésil, son nom – « mines générales » – remonte à l'époque coloniale et à l'exploitation de ses ressources minières, notamment d'or et de diamants

moqueca : mijoté

moqueca de peixe : mijoté de poisson (spécialité culinaire bahianaise)

morro : mont, butte, colline

museu : musée

Fondé en 1890, le **Museu Paulista** est le principal musée de l'université de São Paulo. Ses collections illustrent ses trois axes de recherche : quotidien et société, l'univers du travail, l'histoire de l'imaginaire.

N

não : non

Nordeste : nord-est, régions les plus pauvres du Brésil

O

odù : ensemble de récits et de mythes à la base du système de divination d'Ifá. Il existe 16 *odù* principaux; à chacun correspond une figure particulière du collier d'Ifá.

obrigado, obrigada : merci (littéralement : obligé, obligée)

ogan : protecteur laïque d'un *terreiro* (*candomblé*)

Ogum : *orixá* du fer et de la guerre (*candomblé*)

ola : (mot espagnol) vague, *onda* en portugais

Olorun : Le dieu suprême des cultes afro-brésiliens

orixá : divinité des cultes afro-brésiliens (*candomblé*)

Oxalá : *orixá* de la vie, de la pureté et de la paix, assimilé à Jésus-Christ (*candomblé*)

Oxossi : Divinité de la lune et de la chasse dans les cultes afro-brésiliens

Oxumarê : *orixá* de l'arc-en-ciel

P

pai de santo : père de saint, chef du culte et du *terreiro* (*candomblé*), synonyme de *babalorixà*

Le *Pão de Açúcar* – Pain de Sucre – est un *morro* – de 394 mètres de haut, sur la péninsule entre l'océan Atlantique et la baie de Guanabara. La colline doit son nom à sa forme de bloc de sucre raffiné ; les colons de la France antarctique y voyaient plutôt une motte de beurre. « *Pão de Açúcar* » est aussi une enseigne brésilienne de grande distribution.

pão de queijo : petit pain rond au fromage

Paraíba : État du nord-est brésilien

parque : parc

O parque Garota de Ipanema est situé en retrait de la *praia do Arpoador*, entre Copacabana et Ipanema. Il accueille des concerts et, en tout temps, des bandes d'enfants des rues. Son nom est un hommage à la chanson *A garota de Ipanema*, la fille d'Ipanema, composée en 1963 par Antônio Carlos Jobim et Vinícius de Moraes.

pastel, pastéis : beignet(s) garni(s)

Paulista : habitant de São Paulo

pavão : paon

Pernambuco : État du Nordeste brésilien

petisco : amuse-gueule

picanha : rumsteak

picolé : bâtonnet de glace

por favor : s'il vous plaît

praça : place

La *praça dos Paraíbas* est située au centre de Copacabana et accueille l'un des marchés de rue les plus animés du quartier. Officiellement *praça* Serzedelo Correia, elle doit son surnom aux nombreux immigrants du Nordeste, et surtout de l'État de Paraíba, qui s'y retrouvent les jours de congé.

praia : plage

Q

quindim : gâteau à la noix de coco

R

rapaz : garçon, gamin

real, reais : réal, unité monétaire brésilienne

La ville de **Rio de Janeiro** fut fondée en 1565 par Estácio de Sá. En 1763, elle succéda à Salvador da Bahia comme capitale de la vice-royauté du Brésil, alors colonie du Portugal. En 1822, lors de l'indépendance brésilienne, Rio de Janeiro devint la capitale du nouveau pays et le demeura jusqu'en 1960, quand Brasília la remplaça. Rio de Janeiro reste capitale de l'État homonyme de la République fédérale brésilienne. En 2008, la ville comptait 6,1 millions d'habitants et sa région métropolitaine 11,8 millions.

Le *município* – municipalité – de Rio de Janeiro regroupe 160 *bairros* – quartiers – répartis dans 34 régions administratives. Il est géré par une *prefeitura* – mairie – et 19 *sub-prefeituras* – mairies annexes.

Le noyau historique de la ville, aujourd'hui presque inhabité, demeure son centre commercial et financier. À partir de lui, la ville s'est développée au nord – le fond de la baie de Guanabara – et au sud – l'océan : la *Zona Norte* – zone nord – concentre les quartiers pauvres et industriels, la *Zona Sul* – zone sud – rassemble les classes moyennes et supérieures. Les dates de construction des quartiers de la *Zona Sul* témoignent du rythme de croissance de la ville : Flamengo et Botafogo, encore sur la baie de Guanabara, au XIXe siècle, puis, sur l'océan Atlantique, Copacabana dans les années 1920, Ipanema et Leblon dans les années 1950, São Conrado et Barra da Tijuca à partir des années 1970, aujourd'hui les terrains de la *sub-prefeitura* de Santa Cruz/Guaratiba.

roda : roue, ronde, cercle formé par les participants à une séance de *capoeira*

Romeu e Julieta : Alliance sucré-salé de fromage du Minas Gerais et de gelée de goyave

rua : rue

La **rua das Laranjeiras** monte du *Largo do Machado* vers le pied du Corcovado. Elle suit à contre-courant la vallée du rio Carioca, où les habitants de Rio de Janeiro construisirent à partir du XVIIe siècle des maisons de campagne, parfois entourées d'orangeraies qui ont légué leur nom à la rue et au quartier.

La *rua* **Saint Roman** doit son nom au vicomte Serre de Saint-Roman, pilote français de l'Aéropostale disparu en 1927, lors d'un vol entre Saint-Louis du Sénégal et Recife.

S

La ville de **Salvador da Bahia** est située sur la côte atlantique, à l'entrée nord de la Baie de tous les saints – *baía de todos os santos* – 1 600 kilomètres au nord de Rio de Janeiro. Première capitale du Brésil portugais, la ville est le cœur de la culture afro-brésilienne, qu'il s'agisse du *candomblé*, de la *capoeira* ou de sa cuisine, la plus célèbre du pays et souvent liée au contexte religieux local.

São João de Meriti est une municipalité autonome de 468 000 habitants en 2008, juste au-delà de *la Zona Norte* de Rio de Janeiro.

São Paulo : Située à l'intérieur des terres, à 430 kilomètres de Rio de Janeiro, la ville de São Paulo est le moteur économique du Brésil. Son agglomération, la plus peuplée d'Amérique du Sud, compte 19 millions d'habitants.

saudade : nostalgie, mélancolie, en général douce et plaisante

se Deus quiser : si Dieu le veut, formule rituelle brésilienne

sim : oui

T

terreiro : maison du culte et communauté des initiés (*candomblé*)

torrada : pain grillé

torta : tarte

V

vatapá : crevettes pilées et morceaux de poisson cuits dans de l'huile de palme et du lait de coco (spécialité culinaire bahianaise)

Veja : *Vois*, hebdomadaire brésilien d'actualité

X

Xangô : Divinité des éclairs, du tonnerre et de la justice dans les cultes afro-brésiliens

xinxim de galinha : poulet à l'huile de palme et à la noix de cajou pilée, spécialité culinaire bahianaise et le plat favori d'Oxum, l'*orixá* de l'amour.

Recette pour 6 personnes

un poulet de 1,8 kg

160 g d'oignons

100 ml d'huile de palme (*dendê*)

3 gousses d'ail écrasées

20 g de noix de cajou écrasées

20 g de cacahuètes écrasées

40 g de crevettes séchées

sel

Couper le poulet en petits morceaux et laver avec du vinaigre ou du jus de citron. Faire revenir l'oignon et l'ail dans l'huile et ajouter les crevettes, les noix de cajou, les cacahuètes et le poulet. Ensuite, y verser peu à peu l'huile de palme jusqu'à cuisson.

Temps de cuisson (20 minutes)

Y

Yansan : *orixá* des vents et des tempêtes, ainsi que des *eguns*, les esprits des morts (*candomblé*)

Z

Zona Norte : zone nord, quartiers pauvres et industriels de Rio de Janeiro

Zona Sul : zone sud, quartiers des classes moyennes et supérieures de Rio de Janeiro

Table des matières

Chapitre 1
A cidade maravilhosa   9

Chapitre 2
Exu   41

Chapitre 3
Romeu e Julieta   81

Chapitre 4
Oxossi   125

Chapitre 5
O jeito   161

Chapitre 6
Desafinado   197

Chapitre 7
Xangô   219

Chapitre 8
Olorun   245

Glossaire   258

Dans la prochain tome
Sous le signe d'Exu – Folie

Justin vit à Rio avec son père et ses amis, João et Edson. Les parents de ce dernier possèdent la chaîne de restaurants Tip Top Fast, qui se retrouve éclaboussée par un scandale à la suite de la publication d'un livre. Sans compter que certains clients semblent saisis de transes et vomissent leur nourriture. Hasard ou manipulation ? Cette histoire sent le soufre, mais Justin, Edson et João veulent en apprendre davantage. Ils ne savent pas encore que leur chemin vers la vérité sera pavé de rituels sombres et de magie noire, sous le signe du *candomblé*.

Achevé d'imprimer en novembre 2010
sur les presses de l'imprimerie Gauvin,
Gatineau, Québec